H. Knackfuß

Dürer und Holbein, der Jüngere

H. Knackfuß

Dürer und Holbein, der Jüngere

ISBN/EAN: 9783743693982

Hergestellt in Europa, USA, Kanada, Australien, Japan

Cover: Foto ©Raphael Reischuk / pixelio.de

Weitere Bücher finden Sie auf **www.hansebooks.com**

Dürer
und
Holbein der jüngere

von

H. Knackfuß

Mit 83 Abbildungen

Bielefeld und Leipzig
Verlag von Velhagen & Klasing
1895

Albrecht Dürer

Die Kreuztragung. Skizze Dürers zu einem Fries, im British Museum zu London.

Albrecht Dürer.

Verzierter Buchstabe von Albrecht Dürer.

Aus der schönen Knospe, die im XV. Jahrhundert heranwuchs, entfaltete sich jene prächtige Blüte, welche der deutschen Kunst des XVI. Jahrhunderts einen der ehrenvollsten Plätze in der gesamten Kunstgeschichte sichert. Auch jetzt ging die Malerei den übrigen Künsten voran. In den Malerwerkstätten Nürnbergs und Augsburgs erhielten die beiden großen deutschen Meister ihre erste Ausbildung, die zu den allergrößten Künstlern der Welt gehören: Albrecht Dürer und Hans Holbein der jüngere. Albrecht Dürer ward zu Nürnberg am 21. Mai 1471 geboren. Sein Vater war ein aus Ungarn eingewanderter Goldschmied; derselbe war in seiner Jugend lange in den Niederlanden „bei den großen Künstlern" gewesen, war dann im Jahre 1455 nach Nürnberg gekommen und hatte in der Werkstatt des Goldschmieds Hieronymus Holper Stellung gefunden; 1467 hatte er dessen erst fünfzehnjährige Tochter Barbara geheiratet und war im folgenden Jahre Meister und Bürger von Nürnberg geworden. Der junge Albrecht, bei dessen Taufe der berühmte Drucker und Buchhändler Anton Koburger Gevatter stand, wurde für das väterliche Gewerbe bestimmt. Nachdem er die Schule besucht hatte, lernte er beim Vater das Goldschmiedehandwerk. Aber seine Lust trug ihn mehr zu der Malerei denn zu dem Goldschmiedehandwerk; und als er dies dem Vater vorstellte, gab dieser nach, obschon es ihm um die mit der Goldschmiedelehre vergeblich verbrauchte Zeit leid that. — Es sind Dürers eigene Aufzeichnungen, denen wir diese Nachrichten verdanken.

Von Albrecht Dürers früh entwickelter außergewöhnlicher Begabung sind uns zwei Proben bewahrt geblieben. Die unter dem Namen Albertina bekannte Sammlung von Kupferstichen und Handzeichnungen im Palast des Erzherzogs Albrecht zu Wien besitzt ein mit dem Silberstift gezeichnetes Selbstbildnis des Goldschmiedelehrlings mit der später eigenhändig hinzugefügten Beischrift: „Das hab ich aus einem Spiegel nach mir selbst konterfeit im 1484. Jahr, da ich noch ein Kind war. Albrecht Dürer." Das andere Blatt, welches mit Hinsicht auf die Jugend seines Urhebers eine nicht minder erstaunliche Leistung ist als jenes, und das zugleich bekundet,

Dürers Selbstbildnis vom Jahre 1484. Silberstiftzeichnung in der Albertina zu Wien.
Der Vermerk von Dürers Hand in der oberen rechten Ecke des Bildes lautet: „Das hab ich aus einem Spiegel nach mir selbst konterfeit im 1484. Jahr, da ich noch ein Kind war. Albrecht Dürer."
Nach einer Photographie aus dem Verlage von Ad. Braun & Cie. in Dornach. (Vertreter Hugo Grosser in Leipzig.)

daß auch in der Goldschmiedewerkstatt ein gediegener Zeichenunterricht erteilt wurde, befindet sich im Kupferstichkabinett des Berliner Museums; es ist eine Federzeichnung vom Jahre 1485 und stellt eine thronende Muttergottes zwischen zwei Engeln dar. — Am 30. November 1486 kam Albrecht Dürer zu Michael Wohlgemuth in die Lehre; auf drei Jahre ward die Zeit bemessen, die er hier „dienen" sollte. — Aus dieser Lehrzeit Dürers stammt ein Bildnis seines Vaters, das in der Uffiziengalerie zu Florenz bewahrt wird. Schon in diesem frühen Werk gibt sich der junge Künstler als ein Meister der Bildnismalerei zu erkennen. — Als er ausgedient hatte, schickte ihn sein Vater auf die Wanderschaft. Nach Ostern 1490 zog er aus und sah sich vier Jahre lang in der Welt um. Zu Kolmar und in Basel ward er von den Brüdern des kürzlich verstorbenen Martin Schongauer freundlich aufgenommen. Von dort aus scheint er die Alpen durchwandert zu haben und bis nach Venedig gekommen zu sein. Unterwegs hielt er manches Landschaftsbild fest, und zwar bisweilen in sorgfältigster Ausführung mit Wasserfarben. Dürer war einer der ersten Maler, welcher die selbständige Bedeutung der Landschaft und die Poesie der landschaftlichen Stimmung erfaßten. Dabei wußte er die Formen und die Farben der Natur mit unbedingter Treue wiederzugeben. Manche seiner früheren und späteren Studienblätter aus der Fremde und aus der Heimat sind Landschaftsbilder im allermodernsten und allerrealistischsten Sinne.

Neben vielerlei Studien und Entwürfen hat sich aus Dürers Wanderzeit auch ein sorgfältig in Öl gemaltes Selbstbildnis vom Jahre 1493 erhalten (in einer Privatsammlung in Leipzig), welches den jungen Künstler in schmucker buntfarbiger Modekleidung zeigt. „Mein Sach die geht, wie es oben steht", ist mit zierlichen Lettern in den Hintergrund geschrieben.

Als Dürer nach Pfingsten des Jahres 1494 heimkam, hatte ihm sein Vater bereits die Braut geworben. Es war die schöne Agnes Frey, die Tochter eines kunstreichen Mannes, der „in allen Dingen erfahren" war, aus angesehenem Geschlecht. Schon am 14. Juli desselben Jahres fand die Hochzeit statt.

In mehreren, zu verschiedenen Zeiten gemachten Zeichnungen hat Dürer die Züge seiner Gattin der Nachwelt überliefert. In ganzer Figur, in der Tracht einer Nürnberger Hausfrau, zeigt sich Frau Agnes in einem prächtigen Aquarell aus dem Jahre 1500, das in der Ambrosianischen Bibliothek zu Mailand aufbewahrt wird. — Dürers Ehe blieb kinderlos. Dennoch hatte er bald für den Unterhalt einer größeren Familie zu sor-

Dürers Selbstbildnis vom Jahre 1493. Ölgemälde in Privatbesitz in Leipzig.

gen. Im Jahre 1502 beschloß Dürers Vater sein Leben; er hatte dasselbe „mit großer Mühe und schwerer harter Arbeit zugebracht." Mit schlichten, herzlichen Worten hat Dürer in seinen Aufzeichnungen das Andenken des Mannes geehrt, der ihn von frühester Kindheit an zu Frömmigkeit und Rechtschaffenheit erzogen hatte. Nach des Vaters Tode nun lag dem jungen Meister nicht nur für die zärtlich geliebte Mutter, die er zu sich nahm, sondern auch für eine Schar von jüngeren Geschwistern die Sorge ob. Dem Anschein nach waren seine Vermögensverhältnisse eine Zeitlang keineswegs glänzend; durch seine unermüdliche Arbeitskraft aber und durch seine rastlose Thätigkeit brachte er es nach und nach zu einer ganz ansehnlichen Wohlhabenheit.

Bald nach der Verheiratung eröffnete Dürer eine selbständige Werkstatt. Dazu bedurfte es weder eines Meisterstücks noch sonstiger Förmlichkeiten. Denn in Nürnberg galt, im Gegensatz zu den übrigen Städten Deutschlands, die Malerei als eine freie Kunst, die keinen zünftigen Ordnungen unterworfen war. Das kam auch der Stellung eines Malers, der in Wahrheit ein Künstler war, zu gute; Albrecht Dürer ist niemals als Handwerksmeister betrachtet worden. Die ersten größeren Aufträge freilich, die dem jungen Künstler zu teil wurden, Altarwerke und Gedächtnistafeln, mußten in der üblichen Weise mit Hilfe von Gesellen hergestellt werden. Doch auch in diesen Arbeiten offenbarte sich deutlich die schöpferische Kraft des Meisters und seine sichere Beherrschung der Form, und unverkennbar

Flügelbild vom Paumgärtnerschen Altar.
Ölgemälde in der alten Pinakothek zu München.

prägte er manchem der Bilder die Züge der eigenen Künstlerhand auf.

Mit der denkbar größten Unmittelbarkeit erfaßte Dürer die Natur; aber bei der äußersten Naturtreue opferte er auch nicht das geringste von seinen künstlerischen Absichten auf. Seine eigenen Worte kennzeichnen am besten die ganze erhabene Größe seiner Kunstanschauung: „Wahrhaftig steckt die Kunst in der Natur; wer sie heraus kann reißen, der hat sie." Niemand sollte glauben, führt Dürer den Gedanken weiter aus, daß er etwas besser machen könne, als wie es Gott geschaffen habe. Nimmermehr könne ein Mensch aus eigenen Sinnen ein schönes Bild machen; wenn aber einer durch vieles Nachbilden der Natur sein Gemüt voll gefaßt habe, so befame sich die Kunst und erwachse und bringe ihres Geschlechtes Früchte hervor: „daraus wird der versammelte heimliche Schatz des Herzens offenbar durch das Werk und die neue Kreatur, die einer in seinem Herzen schafft, in der Gestalt eines Dinges." — Schon in seinen Jugendarbeiten hat Dürer gezeigt, einen wie reichen Schatz er in seinem Herzen versammelt hatte. — Das älteste erhaltene Altarwerk aus Dürers Werkstatt befindet sich in der Dresdener Gemäldegalerie. Dasselbe besteht aus drei mit Temperafarben auf Leinwand gemalten Bildern und zeigt uns in der Mitte die Muttergottes, auf den Flügeln die Heiligen Antonius und Sebastian. Dürers eigenhändige Arbeit blickt hier überall durch, besonders sichtbar tritt sie in den geistvoll gezeichneten und gemalten Händen des Antonius zu Tage. Vermutlich war dieser aus der Schloßkirche zu Wittenberg stammende Altar eine Bestellung des Kurfürsten Friedrich von Sachsen, der sich zwischen 1494 und 1501 wiederholt in Nürnberg aufhielt, und für den Dürer mehrfach thätig war. — Mehrere um diese Zeit oder wenig später unter Dürers Leitung und nach seinen Entwürfen angefertigte Altargemälde und Einzeltafeln lassen die Hand von Gehilfen recht deutlich erkennen. Aus anderen hinwiederum spricht mit voller Kraft des Meisters begnadete Eigenart und sein packender, über jeden Wechsel des Zeitgeschmacks triumphierender Realismus. Vor allem gilt dies von dem Paumgärtnerschen Altar, der, für die Katharinenkirche in Nürnberg gemalt, sich jetzt in der Münchener Pinakothek befindet. Das Mittelbild dieses Werkes zeigt die Geburt Christi. In freudiger Erregung betrachtet die kniende Maria das neugeborene Knäblein, um das sich eine Schar von kleinen Kinderengeln herumdrängt; die Örtlichkeit ist eine Ruine mit romanischen Säulen und Bogen — sehr bezeichnend für die Renaissance, die das Alte wieder aufsucht und nachbildet, während sich die mittelalterliche Kunst bei der Darstellung von Architekturen stets aufs genaueste nach dem jedesmaligen Baustil der Zeit richtete. Das Schönste aber an dem Paumgärtnerschen Altar sind die beiden Flügelbilder; auf jedem derselben erblicken wir die lebensvolle Prachtgestalt eines geharnischten Ritters, der in wilder Landschaft neben seinem Rosse steht. Möglicherweise sind die scharf individualisierten Köpfe der Männer Bildnisse der Stifter, jedenfalls stellen dieselben aber zugleich zwei ritterliche Heilige vor; das herkömmliche Zeichen der Heiligkeit, den Nimbus, läßt Dürer bei seinen ausgeführten Gemälden regelmäßig weg: mit einem so vollkräftigen Realismus verträgt sich selbst der leichte Strahlenschein der van Eyckschen Schule nicht. — Die Aufgabe der Malerei begrenzt Dürer im Sinne seiner Zeit folgendermaßen: „Die Kunst des Malens wird gebraucht im Dienst der Kirche ... behält auch die Gestalt der Menschen nach ihrem Absterben." Die Gemälde sollen also entweder Andachtsbilder oder Bildnisse sein. Doch hat er sich im Jahre 1500 auch einmal auf dem der Kunst des Nordens bisher fast völlig fremden Gebiete der Mythologie versucht, mit einer Darstellung des Herkules, der die stymphalischen Vögel tötet (im Germanischen Museum zu Nürnberg). Viel bedeutender aber als dieses Bild, das übrigens durch Übermalung sehr gelitten hat, sind die Porträts, welche Dürer neben seinen Altarwerken damals malte. Aus dem Jahre 1497 ist das Bildnis seines betagten Vaters, aus dem Jahre 1498 sein Selbstbildnis, wieder in reicher bunter Tracht, vorhanden; das erstere befindet sich in England, das andere im Museum zu Madrid. Die Münchener Pinakothek besitzt das Bildnis des Nürnbergers Oswald Krell von 1499, die Kasseler Gemäldegalerie dasjenige der Frau Elsbeth Tucher von demselben

Dürers Vater. Kohlenzeichnung im British Museum zu London.

Jahre, vielleicht die ersten Porträts, welche Albrecht Dürer auf Bestellung malte. Als das Porträt einer Tochter der Familie Fürleger gilt das Bild eines betenden Mädchens mit prächtigem, aufgelöstem Goldhaar in der Gemäldegalerie zu Augsburg, von 1497.

Dasjenige aber, wodurch Albrecht Dürer schon in jungen Jahren zu einem weltberühmten Manne wurde, waren weder seine Kirchengemälde noch seine Bildnisse, sondern ein Holzschnittwerk. Im Jahre 1498 gab er die Geheime Offenbarung des Evangelisten Johannes mit fünfzehn großen Bildern heraus. Eine so geniale Verbildlichung des geheimnisvollen Textes, wie sie Dürers Holzschnitte boten, hatte die Welt noch nicht gesehen. Den phantastischen Gesichten des Evangelisten folgt der Zeichner mit gleich kühnem Fluge der Phantasie. Auch heute noch können diese urwüchsigen, kraft- und geistvollen Bilder ihre Wirkung niemals verfehlen.

Die apokalyptischen Reiter. Aus dem Holzschnittwerk: Die Apokalypse.

Die vier Engel vom Euphrat. Aus dem Holzschnittwerk: Die Apokalypse.

Die drei Bauern. Kupferstich.

Das zu allen Zeiten am meisten bewunderte Blatt der Folge ist die Darstellung der vier Reiter, welche den vierten Teil der Menschheit dahinraffen. Derjenige müßte wahrlich auch ein ganzer Barbar sein, der bei diesem höchsten Meisterwerk großartiger Erfindung Ungenauigkeiten und Härten der Zeichnung kleinlich bemängeln wollte, anstatt sich hinreißen zu lassen von der Wucht der urgewaltigen Komposition. Und nicht minder großartig erweist sich die Gestaltungskraft des Meisters in den übrigen Blättern. Überall sehen wir die tiefsten Gedanken mit packender Kraft zum Ausdruck gebracht, mag nun die Darstellung nur aus wenigen Figuren bestehen, wie das Bild gleich am Eingang des Buches, wo der Evangelist niederstürzt vor dem Herrn, von dessen Munde ein Schwert, von dessen Augen Feuerflammen ausgehen und der mit der Rechten in die Sterne greift; oder mögen zahllose Figuren die Bildfläche füllen: mag der Jubel der Seligen geschildert sein oder grauer Schrecken. Den von jedem Vorbild unabhängigen, schöpferischen Geist des Meisters bekunden gleichermaßen die in sozusagen glaubwürdiger Bil-

Gefangennahme Christi. Aus dem Holzschnittwerk: Die Große Passion.

neuenden Weise an. Der erste in hellen und dunklen Massen malerisch ausgeführte Kupferstich erschien im Jahre 1504, eine Darstellung von Adam und Eva. In gerechtem Selbstgefühl versah der Künstler das Blatt nicht mit einem bloßen Monogramm, sondern mit der ausführlichen Inschrift, daß es Albrecht Dürer aus Nürnberg gemacht habe.

In demselben Jahre 1504 vollendete der Meister ein größeres Gemälde, eine Anbetung der heiligen drei Könige, im Auftrage Friedrichs des Weisen für dessen Schloßkirche zu Wittenberg. Dieses wunderbare Bild, das jetzt in dem Kranze auserlesener Meisterwerke prangt, den die sogenannte Tribuna der Uffiziengalerie zu Florenz umschließt, läßt in jedem Strich die eigenhändige, liebevolle Arbeit Dürers erkennen; bei dem vorzüglichen Zustande seiner Erhaltung kann man den ganzen ursprünglichen Reiz der Farbengebung und die sorgfältige Ausführung der kleinsten Einzelheiten bewundern. Wer deutlich empfindet, den wird es von all den herrlichen Schöpfungen der Antike und der italienischen Renaissance, die hier in einem Raume vereinigt sind, immer wieder hinziehen zu dem wunderlieblichen Bilde dieser deutschen Madonna, die in unbefangener Würde und voll stillen Mutterglückes zusieht, wie dem nackten Knäblein auf ihrem Schoß von fremden Fürsten ehrerbietige Huldigungen dargebracht werden.

Um diese Zeit malte Dürer auch das bekannteste seiner Selbstbildnisse, das sich (in leider nicht ganz unversehrtem Zustande) in der Münchener Pinakothek befindet: in gerader Vorderansicht, das edle Antlitz von einer reichen Fülle wohlgepflegter dunkelblonder Locken umwallt.

Zugleich arbeitete er wieder an zwei großen Holzschnittwerken, von denen das eine die Leidensgeschichte Christi, das andere das Leben der Jungfrau Maria behandelte. Mit gleich hoher Meisterschaft schilderte Dürer in diesen Werken, die unter den Namen „Große Passion" und „Marienleben" bekannt sind, die ergreifendsten tragischen Vorgänge und die reizvoll behaglichsten Familienbilder. Aus Dürers realistischem Sinne ging die Neuerung hervor, daß er die Mutter des Erlösers, da wo dieser als erwachsener Mann erscheint, nicht mehr als junges Mädchen darstellte, sondern als ältliche Frau, in deren Züge Zeit Kummer ihre Furchen gegraben haben. besonderer Liebe bethätigte Dürer in d Werken auch seine ungewöhnliche Bega für das Landschaftliche; bei manchen Bilder, namentlich im „Marienleben", die Landschaft weit über die Boden eines bloßen Hintergrundes hinaus.

Eine im Jahre 1504 entstandene von zwölf sorgfältig mit Feder und in Schwarz und Weiß ausgeführten ungen aus der Leidensgeschichte, die si der Albertina zu Wien befindet und wegen der grünen Färbung des Papiers „Grüne Passion" genannt wird, be durch ihre Verschiedenheit von den kurz her gezeichneten Holzschnittbildern gle Inhalts den bewundernswürdigen R tum von Dürers schöpferischem Verm

Der Umstand, daß Dürers Holzsch in Venedig unbefugterweise nachgest wurden, und daß der deutsche Meister halb den Schutz seines Urheberrechtes der Venetianischen Regierung hätte nachs wollen, soll die erste Veranlassung zu längeren Reise nach Venedig gewesen die Dürer im Jahre 1505 antrat.

Hauptsächlich beschäftigte ihn abe Venedig die Ausführung einer Altar die er im Auftrage der dort ansässigen schen Kaufleute für deren Kirche San tolomeo malte. Es ist das jetzt in (im Museum Rudolfinum) befindliche „R kranzfest". Darauf sind die Jungfrau M und das Jesuskind als Spender des R kranzes dargestellt; sie schmücken die Hä des Kaisers Maximilian I und des Pa Julius II mit Kränzen natürlicher R zu beiden Seiten werden eine Anzahl an Personen durch den heiligen Dominikus eine Schar von Engeln in gleicher L gekrönt. Im Hintergrunde erblickt man Maler selbst nebst seinem liebsten und treu Freunde, dem berühmten Humanisten W bald Pirkheimer; er hält ein Blatt in Hand, worauf zu lesen ist, daß in e Zeitraum von fünf Monaten der De Albrecht Dürer das Werk im Jahre 1 ausgeführt habe. Leider hat das vielbe derte Werk, das noch vor seiner Vollen den Dogen und den Patriarchen von Ve veranlaßte, den deutschen Maler in s Werkstatt aufzusuchen, das nachmals Kaiser Rudolf II für eine sehr hohe Su

Dürers Selbstbildnis. Ölgemälde in der alten Pinakothek zu München.
Die Inschrift des Bildes lautet: „Albertus Durerus Noricus ipsum me propriis hic effingebam coloribus aetatis anno XXVIII (Albrecht Dürer aus Nürnberg habe mich selbst hier mit naturgetreuen Farben abgemalt im 28. Lebensjahr)."

Christi Abschied von seiner Mutter. Aus dem Holzschnittwerk: Das Marienleben.

Die Ruhe in Ägypten. Aus dem Holzschnittwerk: Das Marienleben.

Titelblatt aus dem Holzschnittwerk: Das Marienleben.

angekauft und mit unglaublichen Vorsichtsmaßregeln nach Prag gebracht wurde — in späteren rücksichtsloseren Zeiten durch starke Beschädigungen und mehr noch durch schauderhaft rohe Übermalung gerade der edelsten Köpfe, sowie der Luft und anderer Teile schwer gelitten. Die Schönheit der Gestalten und der Komposition können wir noch bewundern; aber der einst aufs höchste gepriesene Reiz der Farbe und der meisterlichen Ausführung kommt nur noch stellenweise zur Geltung und läßt uns die Zerstörung doppelt beklagen.

Nebenher malte Dürer in Venedig eine Anzahl von Bildnissen und mehrere kleinere Gemälde. Das schönste von diesen besitzt wohl die Dresdener Galerie in der ergreifenden und malerisch wirkungsvollen Darstellung des Gekreuzigten, die ungeachtet des miniaturartigen Maßstabes ein wahrhaft großartiges Werk ist. In der Barberinischen Sammlung zu Rom befindet sich ein laut Inschrift in fünf Tagen gemaltes Bild des „Jesusknaben unter den Schriftgelehrten"; das Ganze besteht eigentlich nur aus Köpfen und Händen; aber diese sind alle gleich ausdrucksvoll.

Von Dürers Leben in Venedig gibt eine Reihe von noch vorhandenen Briefen Kunde, die der Meister an seinen Freund Pirkheimer geschrieben hat. Da erfahren wir, daß der deutsche Maler für die einheimischen Künstler ein Gegenstand der Neugierde und des Neides war; daß zwar viele Edelleute, aber wenig Maler ihm wohl wollten; daß unter diesen wenigen aber der achtzigjährige Altmeister Giovan Bellini war. Wir sehen das allmähliche Entstehen der Altartafel; wir hören Dürers Klage, daß diese allzu zeitraubende Arbeit ihn zwinge, eine Menge lohnenderer Aufträge auszuschlagen, und nehmen teil an seiner Freude über das endliche Gelingen des Werkes und über den Bei-

Studienkopf zu dem Christusknaben des Bildes: Christus unter
den Schriftgelehrten im Tempel. Handzeichnung in der Albertina
zu Wien.

fall, den dasselbe findet. Wir sehen ihn die Gassen der Lagunenstadt durchstreifen, um für den Freund allerlei Besorgungen zu machen. Wir vernehmen, wie er sich's wohl sein läßt in der Fremde, aber dabei für die Seinen in der Heimat zärtlich besorgt ist und als ein vorsichtiger Hausvater seine Erwerbsverhältnisse überschlägt. Mit lustigem Übermut beantwortet er des Freundes derbe Späße, und bei dem Gedanken an die Heimkehr kann er die Worte nicht unterdrücken: „Wie wird mich nach der Sonnen frieren!"

Erst zu Anfang des Jahres 1507 kehrte Dürer nach Nürnberg zurück. In rascher Folge schuf er jetzt mehrere größere Gemälde. Das erste war eine Darstellung von Adam und Eva auf zwei Tafeln, Menschengestalten von einer Vollkommenheit, wie sie die Kunst des Nordens bisher noch nicht hervorgebracht hatte. Diese Bilder sind schon bald nach ihrem Entstehen wiederholt kopiert worden; die Sammlung des Palazzo Pitti zu Florenz und das Prado-Museum zu Madrid streiten sich um den Besitz der Originale.

Mehr Arbeit als die beiden lebensgroßen Einzelgestalten machte dem Meister ein Ge-

mälde mit zahllosen kleinen Fi welches Kurfürst Friedrich der bei ihm bestellte: „Die Mart Zehntausend" (Hinrichtung der schen Christen unter König S Dürer verwendete den ganzen Fleiß, den er besaß, auf dieses an dem er über ein Jahr ar und das er im Sommer 1508 endete. Dasselbe befindet sich in der Belvedere-Galerie zu Vor allem müssen wir hier Meisterschaft in der Erfindung nigfaltiger Einzelheiten, durch den grausigen Gegenstand an; zu machen gewußt hat, und unglaublich feinen Ausführung b dern. Die ursprüngliche Farb monie des Bildes ist leider d gestört, daß das reichlich angew Lasursteinblau im Laufe der durch die Farben, mit denen mischt war, durchgewachsen un die Oberfläche getreten ist, so d jetzt sehr viel stärker spricht, nach der Absicht des Meisters soll Mit der gleichen Sorgfalt malte dann die Mitteltafel eines Altar mit dessen Ausführung ihn der reiche furter Ratsherr Jakob Heller gleichfalls im Jahre 1507 beauftragt hatte. Er schrieb an den Besteller, daß er all Tage keine Arbeit angefangen habe, di besser gefiele, und noch nach der Ablief im August 1509 war er um die vors Behandlung des Bildes besorgt. Die w bare Schönheit dieses Lieblingswerks Meisters, das Mariä Himmelfahrt dar können wir nur noch ahnen in einer Kopie, welche nebst den beiden von hilfen ausgeführten Flügelbildern im rischen Museum zu Frankfurt aufbe wird. Das Original, für welches Rudolf II den Frankfurter Dominik vergeblich 10 000 Gulden bot, und dann von Herzog Maximilian von B erworben wurde, ist im Jahre 1674 be Brande der Münchener Residenz ein der Flammen geworden.

Ein günstigeres Geschick hat übe nächsten großen Gemälde gewaltet, u Dürer schuf. Es ist das „Allerheiligen das er für die Kapelle des sogenannten Zwölfbrüderhause

Nürnberg, einer wohlthätigen Stiftung zweier dortigen Bürger, malte und im Jahre 1511 vollendete. Wohlerhalten und unversehrt schmückt diese Tafel jetzt die Wiener Belvederegalerie. Nur die Farbenwirkung hat vergleichlichen Meisterwerk in ihrer ganzen ursprünglichen Herrlichkeit bewundern. Wohl in keinem anderen Werke der deutschen Malerei ist soviel Großartigkeit mit soviel Poesie vereinigt. Dürers Meisterschöpfung

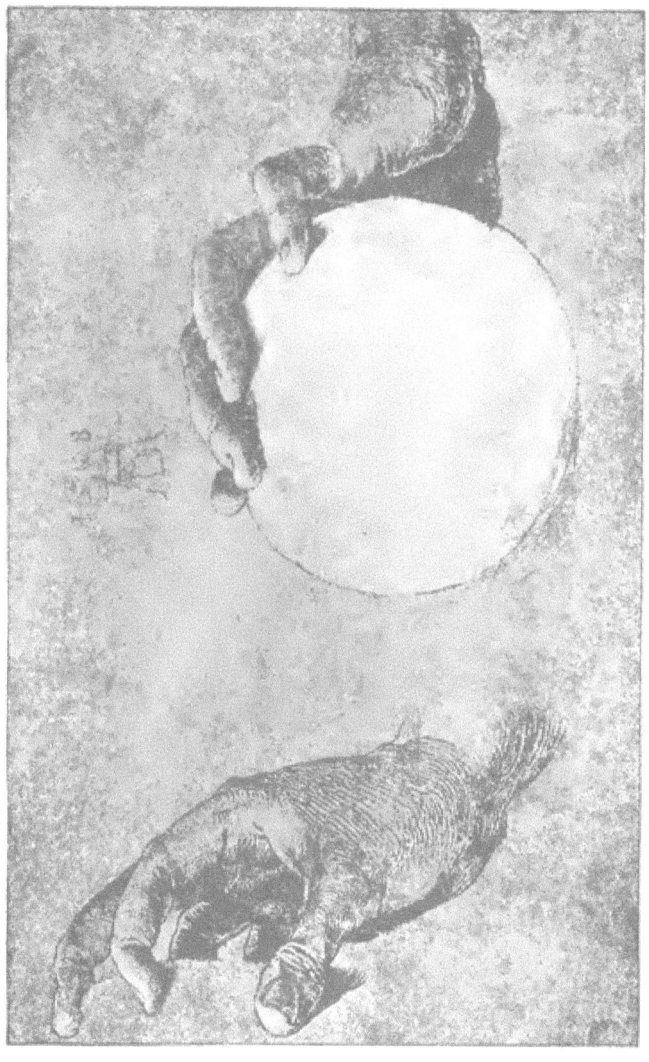

Studie zu den Händen Gott Vaters aus dem Hellerschen Altarbild.
Handzeichnung in der Kunsthalle zu Bremen.

auch hier durch das Durchwachsen des Blau, sowie ferner durch das Verblassen der Schattentöne in den grünen Gewändern ihren Einklang einigermaßen eingebüßt. Aber die hohe Vollkommenheit der Zeichnung und der Ausführung können wir bei diesem unist auch das vollendetste christliche Andachtsbild. Es entrückt den Geist des gläubigen Beschauers in die Sphären der Seligen. Von Engelchören umschwebt, deren Reigen sich in ungemessener Ferne verliert, erscheint in lichtdurchstrahltem Gewölk der dreifaltige

Knackfuß, Dürer und Holbein.

Karl der Große.
Ölgemälde von 1510, in der städtischen Sammlung zu Nürnberg.

Die wunderbare Messe des h. Gregor. Holzschnitt aus dem Jahre 1511.

Christus als Gärtner. Aus dem Holzschnittwerk: Die kleine Passion.

Gott, angebetet von den Scharen der Auserwählten; den Heiligen der Kirche reihen sich, Papst und Kaiser an der Spitze, auf einem niedrigeren Wolkenkranze die namenlosen Seligen aller Stände an. Tief unten aber breitet sich, vom Himmelslicht erhellt, eine freundliche Erdenlandschaft aus, und hier steht der Maler des Bildes, demütig aufschauend zu den Himmlischen, aber voll gerechten Selbstbewußtseins gegenüber dem sterblichen Beschauer. Auf der Inschrifttafel, welche seinen Namen verkündet, bekennt er sich mit Heimatsstolz als einen Sohn der Stadt, welche das Bild bewahren soll. Auf den beiden vorerwähnten Gemälden, welche er gleichfalls mit seinem eigenen Bildnis und mit ausführlicher Inschrift bezeichnete, hat er — ebenso wie auf der

der Antike setzt, wie er gelernt hat.

Aus dem Jahre 1 vederegalerie ein klein das an Tiefe der Auffaß barer Feinheit der Aus figurenreichen Altargem

In demselben Jah Aufträge seiner Vaterst durch Ernennung zum hatte, zwei überlebensgr Schmucke der „Heiltum Aufbewahrung der Reich ten Gemaches. Die d waren Karl der Groß des Kaisertums, und jenige, welcher der getre das „Heiltum" anvertra

Engel mit dem Schweißtuche der Veronika. Kupferstich von 1513.

Ritter, Tod und Teufel. Kupferstich vom Jahre 1514.

benutzte Dürer ein älteres Bildnis; in seinem Karl dem Großen schuf er das Idealbild des gewaltigen Herrschers, das seitdem in der Vorstellung des deutschen Volkes lebt. Ziemlich stark übermalt, befinden sich diese Gemälde, von denen sich die Stadt niemals getrennt hat, jetzt im Germanischen Museum.

Danach malte Dürer eine Reihe von Jahren hindurch keine größeren Bilder mehr. Wie schnell er auch die aufs sorgfältigste vorbereiteten und bis ins kleinste durchgearbeiteten Gemälde entstehen ließ, ihm selbst ging „das fleißige Kläubeln", wie er schon 1509 in einem Briefe an Heller klagte, nicht rasch genug von statten; er wollte lieber seines Stechens warten.

Mit Zeichnungen für den Holzschnitt hatte er sich, auch während er an jenen Gemälden arbeitete, viel beschäftigt. Das „Marienleben" und die „Große Passion" hatte er durch Hinzufügung mehrerer Blätter vervollständigt. Beide Werke gab er 1511 zugleich mit einer neuen Auflage der „Apokalypse" heraus. In demselben Jahre veröffentlichte er eine Folge von 37 Holzschnitten kleineren Formats, welche in weniger figurenreichen, aber ebenso geistvollen Kompositionen das Erlösungswerk schildern, die sogenannte „Kleine Passion." Außerdem brachte er eine ganze Anzahl von Einzelblättern auf den Markt.

Unter Dürers einzelnen Holzschnittbildern aus dieser Zeit ist die „Große Dreifaltigkeit" von 1511, eine der Hauptgruppe des Allerheiligenbildes sehr ähnliche Darstellung, das vollendetste.

Besonders bezeichnend für seine geniale Eigenart und seine großartige Erfindungsgabe ist ferner die „Messe des h. Gregor" aus demselben Jahre. Da sehen wir, wie vor den Augen Gregors der Altaraufsatz zum Sarge wird, aus dem der Schmerzensmann emporsteigt, umgeben von den Marterwerkzeugen und den übrigen bekannten Wahrzeichen seines Leidens; wehklagende Engel verneigen sich vor der rührenden Gestalt, die mit einem Blicke unsäglicher Bekümmernis den Zweifler anschaut. Dahinter verschwimmt alles in dunklem Nebel, der sich wie ein Schleier vor die ministrierenden Bischöfe legt, sich zu dichten Wolkenmassen ballt und mit dem Weihrauchdampf zusammenfließt. Es ist wunderbar, mit welcher Vollkommenheit hier das Traumhafte einer Erscheinung zur Anschauung gebracht ist: mit greifbarer Körperlichkeit steht das Gesicht vor dem Schauenden da, aber im nächsten Augenblick wird es verschwinden, der Nebel wird zerrinnen und der Begnadete und Bekehrte nichts anderes erblicken, als seine unbeteiligte reale Umgebung.

Im Jahre 1510 gab Dürer auch einige Holzschnitte religiösen Inhalts mit längerem gereimtem Texte heraus, den er selbst verfaßt hatte und durch Hinzufügung des Monogramms als sein geistiges Eigentum kennzeichnete.

Für seine Lieblingsthätigkeit, das Kupferstechen, fand Dürer immer Zeit. Mit einer „Passion" in Kupferstich war er schon seit 1507 beschäftigt: im Jahre 1513 gab er dieses Werk, das wieder eine neue Gestaltung der so oft behandelten Gegenstände zeigte, in 16 Blättern heraus. In demselben Jahre erschien die ihrem Inhalte nach mit dieser Folge im Zusammenhang stehende und in gleichartiger Behandlung gestochene herrliche Darstellung zweier schwebenden Engel mit dem Schweißtuch der Veronika. So bewundernswürdig aber diese und andere gleichzeitige Blätter, wie die schönen Madonnen von 1511 und 1513, nicht nur in Bezug auf die Erfindung, sondern auch in Hinsicht der technischen Ausführung sind, Dürer fand in der hier angewandten Technik noch kein Genüge. Er beschäftigte sich nebenher mit neuen Versuchen auf diesem Gebiete, und der Kupferstecherkunst der Folgezeit kamen diese seine Versuche zu gute. In den Jahren 1514—1518 führte er einige Radierungen aus, wobei er sich eiserner, anstatt kupferner Platten bediente; sein berühmtestes derartiges Werk ist „die große Kanone", die Darstellung eines Nürnberger Geschützes, das, auf einem Hügel in weiter Landschaft aufgefahren, von strammen Landsknechten bewacht und von einer Gruppe Türken mit sehr bedenklichen Mienen betrachtet wird. Die Technik aber, die ihm am meisten zusagte und in der er das Vollendetste leistete, hatte er schon 1513 gefunden. In diesem und den folgenden Jahre entstanden die drei gedankentiefen Meisterwerke, welche zu allen Zeiten nur ungeteilte Bewunderung gefunden haben: „Die Melancholie", „St. Hieronymus im Gehäuse" und „Ritter, Tod und Teufel." Das letztgenannte Blatt soll sich einer alten Nachricht zufolge auf eine

Die Melancholie. Kupferstich von 1514.

Begebenheit beziehen, die von einem Ritter namens Philippus Rink erzählt wurde. Aber das Bild bedarf keiner Deutung: jeder Deutsche wird diesen trutzigen Rittersmann verstehen, der in der düsterschaurigen Waldschlucht unbekümmert fürbaß reitet, ob ihn gleich Tod und Teufel umdräuen. Diesen Mann der entschlossenen That quälen die grübelnden Zweifel nicht, auf die das träumerische Bild der Melancholie hinweist: das ist das Einsehen, „daß wir nichts können." Auch Dürer hat einmal die kenntnis niedergeschrieben: „Die Lüge unserer Erkenntnis, und die Finsternis so hart in uns, daß auch unser Nachtappen fehlt." Den geraden Gegensatz hierzu jener in seiner Arbeit volles Genügen findende Forscher, der im heiligen Hieronymus verkörpert ist: ganz in sein Werk versunken sitzt der große Kirchenvater in

Albrecht Dürer.

St. Hieronymus im Gehäuse. Kupferstich aus dem Jahre 1514.

gemütlichen Gelehrtenstube: man fühlt die behagliche Wärme, die das Sonnenlicht, durch die Butzenscheiben gedämpft, in das Gemach hineinträgt: in friedlichem Schlummer ruht der Löwe des Heiligen neben einem Hündchen.

Die Jahre, in denen Dürer seine innersten Gedanken in so unvergänglichen Gestaltungen aussprach, brachten ihm den größten Schmerz seines Lebens, die Krankheit und den Tod seiner Mutter, worüber er in einer besonderen Aufzeichnung ergreifend und ausführlich berichtet hat. Die fromme, sanftmütige und wohlthätige Frau starb nach mehr als jahrlangem Siechtum am 17. Mai 1514. Wenige Wochen vor ihrem Tode, am Okuli-Sonntag, hatte Dürer sie in einer lebensgroßen Kohlenzeichnung abgebildet.

Dürers Mutter.
Kohlezeichnung aus dem Jahre 1514 im königlichen
Kupferstichkabinett zu Berlin.

Die Beischrift von Dürers Hand in der rechten oberen Ecke lautet: „1514 an oculi. Dz ist albrecht dürers muter du was alt 63 Jor." Nach ihrem Tode fügte er mit Tinte hinzu: „Und ist verschieden Im 1514. Jor am erchtag (Dienstag) vor der creutzwochn, um zwey gewalt (in der Nacht)."

Das Berliner Kupferstichkabinett bewahrt dieses rührende Bildnis: ein abgemagertes, vieldurchfurchtes Antlitz mit gottergebener Duldermiene und wunderbar ausdrucksvollen großen Augen; unter der Beischrift: „Das ist Albrecht Dürers Mutter, die war alt 63 Jahre", hat Dürer später mit Tinte Tag und Stunde des Todes vermerkt.

Im Jahre 1515 vollendete Dürer ein gewaltiges Holzschnittwerk, an dem er im Auftrage Kaiser Maximilians seit drei Jahren arbeitete: „Die Ehrenpforte". Der Kaiser, der sich an der Hervorhebung seiner eigenen Persönlichkeit erfreute, ohne deswegen eitel zu sein — ein Zug, der im Geiste jener Zeit begründet war und der ja auch bei Dürer in den vielen Selbstbildnissen zu Tage tritt — hatte die Idee zu einer großartigen bildlichen Verherrlichung seines Lebens selbst entworfen. Das Ganze sollte einen Triumph vorstellen und a[us] Triumphbogen oder der [Ehren]pforte und aus dem Trium[ph] bestehen. Des Kaisers Freu[nd und] treuer Begleiter, der Ge[heim]schreiber, Dichter und Ma[the]matiker Johannes Stabius, üb[ernahm] die Anordnung und verfa[ßte die] Inschriften. 92 Holzstöcke, [ge]schnitt der Nürnberger Form[schneider] der Hieronymus Andreä au[sgeführt] waren zur Herstellung des [Werkes] erforderlich, das in seiner v[ollstän]digen Zusammensetzung über [Me]ter hoch und wenig unter 3 [Meter] breit ist. Das Ganze stellt e[in Ge]bäude von sehr eigentümlicher A[rt]keit mit einem römischen Tr[iumph]bogen dar, über und über m[it Bil]dern aus dem Leben des [Kaisers] mit geschichtlichen und sinnbil[dlichen] Figuren, mit Wappen, m[annig]faltigem Zierwerk und mit [Inschrif]ten bedeckt. An Stelle sei[nes ge]wöhnlichen Monogramms h[at Dü]rer das redende Wappen [der] Familie, dessen Feld eine [offene] Thür zeigt, angebracht. — [Für] eine andere Arbeit führte [Dürer] im Jahre 1515 für den [Kaiser] aus. Maximilian hatte fü[r seinen] persönlichen Gebrauch ein Ge[betbuch] drucken lassen. In einem [Exem]plar dieses Gebetbuches, das [sich] in der königlichen Bibliothek zu M[ünchen] befindet, schmückte Dürer 45 Blätt[er mit] Randverzierungen in Federzeichnung. [Der] Reichtum an Phantasie, der hier e[ntfaltet] ist, entzieht sich jeder Beschreibung. [Bald] hat der Meister in tiefempfundenen [Hei]ligengestalten auf die Gebete unmitte[lbaren] Bezug genommen, bald hat ihn ein [Wort] oder ein Satz zu einem mehr oder [weniger] weit abschweifenden Gedanken angereg[t, bald] hat er wieder seiner Laune die Zügel [ge]lassen oder ist beliebigen Einfällen g[efolgt]: daneben sprießt und sproßt überall d[as köst]lichste Zierwerk von wunderoollen Pf[lanzen]gewinden hervor, kühne Federzüge fü[gen sich] zu seltsamen Fratzen oder Tierfigur[en zu]sammen, verflechten sich zu regelm[äßigen] Ornamenten oder laufen in weitgesch[wungenen] Schnörkeln aus. Obgleich augenscheinl[ich mit] der größten Leichtigkeit hingeworfen

Eine Seite aus Kaiser Maximilians Gebetbuch mit Dürers Randzeichnungen,
in der königl. Bibliothek zu München.

diese Federzeichnungen dennoch ein hochbedeutendes Meisterwerk.

In den folgenden Jahren führte Dürer wieder einige Gemälde aus, unter denen das Bildnis seines alten Lehrers Wohlgemuth von 1516 und die Lukretia von 1518 (beide in der Münchener Pinakothek) die nahmhaftesten sind. Mit seinen Bildern aus der Zeit von 1504 bis 1512 halten diese Werke freilich keinen Vergleich aus. Die Lukretia, welche entkleidet neben ihrem Bette steht, im Begriff, sich mit dem Dolch zu durchbohren,

Er hat getriben ritterspil
Darin erzeigt auch kurtzweil vil

Ein Stück aus der „Ehrenpforte" mit den Darstellungen von
Turnier, Kampfspiel zu Fuß und Mummenschanz.

ist das einzige von Dürers Gemälden, welches einen profangeschichtlichen Gegenstand behandelt.

Inzwischen arbeitete Dürer aber auch an „Maximilians Triumphzug." Dieses umfangreiche Werk, welches eine noch größere Anzahl von Holzstöcken erforderte als die „Ehrenpforte", beschäftigte außer Dürer noch verschiedene andere Maler. Ihm war die Anfertigung der bedeutsamsten Abschnitte der langen Bilderreihe aufgetragen, welche sich aus mancherlei Gruppen zu Fuß, zu Roß und zu Wagen zusammensetzen sollte, und für welche der Kaiser selbst die genauesten Angaben gemacht hatte. Unter anderem führte Dürer diejenige Abteilung aus, welche die Kriege Maximilians verbildlichte; nach der ursprünglichen Vorschrift des Kaisers sollten hier Landsknechte im Zuge einherschreiten, welche auf Tafeln die betreffenden Kriegsbilder trügen; dies erschien dem Meister zu eintönig, und er gefiel sich dafür in der Erfindung schön geschmückter künstlicher Fortbewegungsmaschinen, auf

denen die Abbildungen der Sch Festungen ɩc., bald als Gemäld als plastische Bildwerke gedach geführt wurden. Ein besonders tiges Blatt schuf er in dem darauf die Vermählung Maxi mit Maria von Burgund zu stellung kam. Den Mittelpun langen Zuges sollte der große Tr wagen bilden, auf dem man d er mit seiner ganzen Familie e Wilibald Pirkheimer hatte eine Ausschmückung dieses Wagens allegorische Gestalten ersonnen ausführlichen Entwurf des Tr wagens, welchen Dürer hiernac fertigte, schickte Pirkheimer im 1518 an den Kaiser. Ehe dieses Hauptstück geschnitten fand das Unternehmen einen lichen Abschluß, da Maximili 12. Januar 1519 starb. — war es Dürer noch vergönn ihm so wohlgesinnten kaiserlichen nach dem Leben abzubilden. Reichstag, den Maximilian i 1518 nach Augsburg berief, sich auch Dürer mit den Vertret Stadt Nürnberg. Am 28. J ihm der Kaiser „hoch oben auf d in seinem kleinen Stüble." Hier entj sichtlich sehr kurzer Zeit jene in der tina aufbewahrte geistreiche Kohlenzei welche der Nachwelt ein so sprechend des letzten Ritters überliefert hat

Zweimal übertrug Dürer diese Ze auf einen Holzstock, das einemal oh tere Zuthat, nur mit einer Schri darauf Namen und Titel des Kais schrieben waren; das anderemal, n Kaisers Tode, in reicher Umrahmun verzierten Säulen eingefaßt, auf Greifen als Halter des Kaiserwappe der Abzeichen des Goldnen Vließes Nach derselben Zeichnung führte e auch zwei Gemälde aus; das eine d in Wasserfarben auf Leinwand geme findet sich, durch die Zeit sehr getr Germanischen Museum zu Nürnber andere, in Ölfarben ausgeführt, in d ner Galerie. Aus den Inschriften, Dürer den Bildnissen des Kaisers l fühlt man heraus, wie schmerzlich ih Hinscheiden ergriffen hatte.

Auf dem Augsburger Reichstag porträtierte Dürer auch den Kardinal Albrecht von Brandenburg, Primas und Kurfürst des Reichs, Erzbischof von Mainz und Magdeburg. Das mit Kohle gezeichnete Originalbildnis des erst 28jährigen Kirchenfürsten besitzt ebenfalls die Albertina. Im folgenden Jahre führte Dürer das Bildnis in Kupferstich aus und schuf damit wieder eins der vollendetsten Meisterwerke der Porträtierkunst. — Unter den übrigen Arbeiten, welche um dieselbe Zeit aus den Händen des rastlos thätigen Meisters hervorgingen, zeichnet sich besonders ein kleiner Kupferstich aus, welcher den heiligen Einsiedler Antonius, in tiefe Betrachtung versunken, und dahinter eine Ansicht von Nürnberg zeigt. — Im Sommer 1520 trat Dürer in Begleitung seiner Frau eine Reise nach den Niederlanden an. Über ein Jahr blieb er aus. Er bewunderte in dem alten Kunstlande die Werke der großen früheren Meister und lernte die berühmtesten seiner lebenden Zeitgenossen kennen. Er sah den Einzug Karls V in Antwerpen und ward selbst gleich einem Fürsten geehrt. Dabei war er unermüdlich thätig. Er zeichnete und malte eine große Anzahl von Bildnissen. Unter anderen porträtierte er Christian II, den König der Skandinavischen Reiche, und als dieser Fürst zu Brüssel den jungen Kaiser und die Statthalterin der Niederlande, Maximilians Tochter Margareta, bewirtete, war auch Dürer geladener Gast. In einem kleinen Skizzenbuch, aus dem noch manche Blätter in verschiedenen Sammlungen bewahrt werden, und in einem ausführlichen Tagebuch hat der Meister die Eindrücke dieser Reise festgehalten.

Dürers Reisetagebuch ist ein unschätzbares Vermächtnis, nicht nur in Hinsicht auf die Persönlichkeit des Künstlers, sondern auch auf die Kulturgeschichte seiner Zeit.

Da erfahren wir, wie Dürer gleich nach Antritt seiner Reise sich das Wohlwollen

Michael Wohlgemuth, Dürers Lehrer, gemalt im Jahre 1516.
Die Inschrift in der rechten oberen Ecke des Bildes lautet: Das hat albrecht dürer abconterfeyt nach seine Lehrmeister michel wolgemut jm Jar 1516 und er war 82 Jor und hat gelebt pis das man zelet 1519 Jor, do ist er forschieden an sant endres dag for er dy sun aufging.

des Bischofs von Bamberg durch das Geschenk eines gemalten Marienbildes, zweier seiner großen Holzschnittwerke und mehrerer Kupferstiche erwirbt; wie der Bischof ihn darauf zu Gaste ladet und ihm drei Empfehlungsbriefe und einen Zollbrief, der sich in der Folge als sehr nützlich erweisen sollte, mitgibt. Wir erfahren von den glänzenden Festbanketten, die in Antwerpen und anderswo dem deutschen Meister zu Ehren gegeben wurden, von der großen Prozession mit vielen prächtigen Wagen, mit Reitern und Reiterinnen, die zu Antwerpen am Sonntage nach Mariä Himmelfahrt stattfand, von den großartigen Vorbereitungen für den Eintritt des Kaisers, von den Dingen, die man aus dem neuen Goldlande gebracht hatte, bei deren Anblick sich des Meisters Herz höchlich erfreut aus Verwunderung über die Kostbarkeit und über „die subtilen Jngenia der Menschen in fremden Landen." Er erzählt, wie Karl V mit Schauspielen, großer Freudigkeit und schönen Jungfrauenbildern in Antwerpen empfangen wurde; er bewundert bei der Krönung zu Aachen all die köstliche Herrlichkeit, dergleichen kein Leben-

Holzschnittbildnis Kaiser Maximilians.

der etwas Prächtigeres gesehen habe; denn in Köln zu Ehren Karls veranstalteten Feste wohnt er gleichfalls bei und sieht den jungen Kaiser auf dem Gürzenich tanzen. Er berichtet auch, daß es ihm große Mühe und Arbeit gemacht habe, vom Kaiser die Bestätigung eines ihm von Maximilian ausgeworfenen Jahrgehalts zu erlangen, ungeachtet der Fürsprache der Statthalterin

Frau Margareta, die ihn, als er in war, alsbald zu sich beschieden u ausnehmend leutselig aufgenommen Er zählt die Geschenke an Kunstwerk die er der Statthalterin und Person Hofstaats gemacht hat, und vermag Unwillen über das Ausbleiben der gegeschenke nicht zu unterdrücken. Üb wird unglaublich viel hin und her g

St. Antonius. Kupferstich vom Jahre 1519.

Dürers Kunstfertigkeit wird nach allen Seiten hin in Anspruch genommen; dem Leibarzt Margaretens muß er den Plan zu einem Haus anfertigen, in Antwerpen macht er den Goldschmieden Vorlagen für Schmucksachen und einer Kaufmannsgilde eine Vorzeichnung für eine in Stickerei auszuführende Heiligenfigur, er zeichnet Wappen für vornehme Herren und entwirft Masken zu dem Fastnachtsmummenschanz. Er selbst erweist sich als ein leidenschaftlicher Sammler von Merkwürdigkeiten und erhält viele derartige Geschenke von den Kaufleuten, die mit den fremden Weltteilen in Verbindung stehen. Um der Merkwürdigkeit willen erwirbt er auch eine von der Tochter eines Antwerpener Illuministen gemalte Miniatur und bemerkt dabei: „Es ist ein groß Wunder, daß ein Frauenzimmer so viel machen kann." Seine eigene „Kunstware", die Holzschnitte und Kupferstiche, führt er übrigens nicht bloß zum Verschenken mit, er treibt damit auch einen lebhaften Handel, und wir erfahren die geringen Preise, zu denen damals die jetzt so kostbaren Blätter verkauft wurden. Denn alle Einnahmen und alle Ausgaben — die vielen zu spendenden Trinkgelder nicht vergessen — sind sorgfältig in dem Buche verzeichnet.

Überall blickt zwischen den Aufzeichnungen der beobachtende Maler durch, dessen Augen immer beschäftigt sind. Bald ist es die Ansicht einer Stadt, bald die Aussicht von einem Turm, hier eine Gartenanlage, da ein Gebäude, was die Aufmerksamkeit des Meisters fesselt; hier hält er ein hübsches Gesicht und dort die zu Markte gebrachten stattlichen Hengste der Erinnerung für wert. Als echter Renaissancekünstler bemerkt er im Aachener Münster sogleich, daß die dort „eingeflickten" antiken Säulen kunstgerecht nach des Vitruvius Vorschrift gemacht seien.

Alles ist ganz kurz und knapp notiert, und doch ist bisweilen in den wenigen Worten ein lebendiges Bild von einer Person oder einem Vorgang gezeichnet. Nur eine Begebenheit erzählt Dürer ausführlicher, wie nämlich bei einem Ausfluge, den er im Dezember von Antwerpen aus nach Seeland machte, um einen gestrandeten Walfisch zu sehen, durch einen Unfall das Schiff, auf dem er sich befand, ohne Bemannung in die See hinausgetrieben wurde, und wie es den Insassen nur mit Mühe gelang, das Land wieder zu gewinnen; über diese seine Lebensgefahr gibt er einen ungemein anschaulichen und lebendigen Bericht.

Tief erschüttert wird Dürer durch die Nachricht von Luthers Gefangennahme. An dem Tage, wo er hiervon gehört hat, flicht

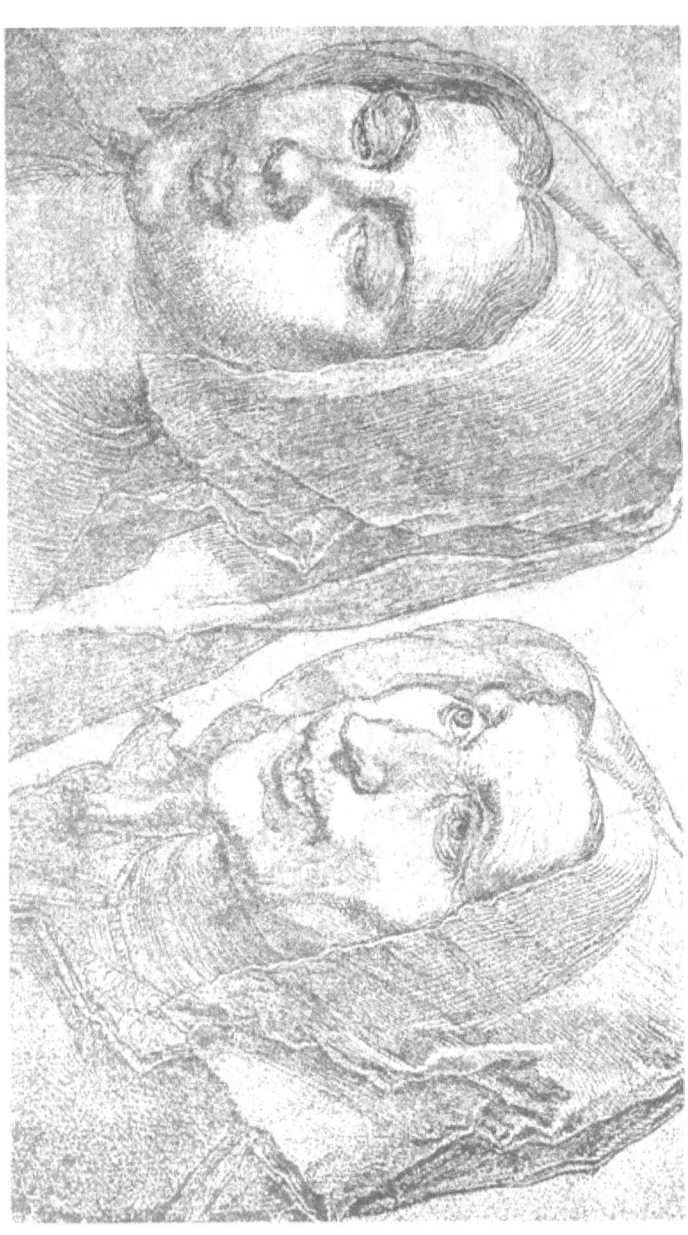

Studienkopf eines alten Mannes.
Pinselzeichnung auf dunklem Papier mit Weiß gehöht. Von der Antwerpner Reise 1521.
Original in der Albertina zu Wien.
Die eigenhändige Unterschrift Dürers oben am Rande der Zeichnung lautet: „Der Mann war alt 93 Jar und noch
gesund und vermöglich zu Antorf" (Antwerpen).

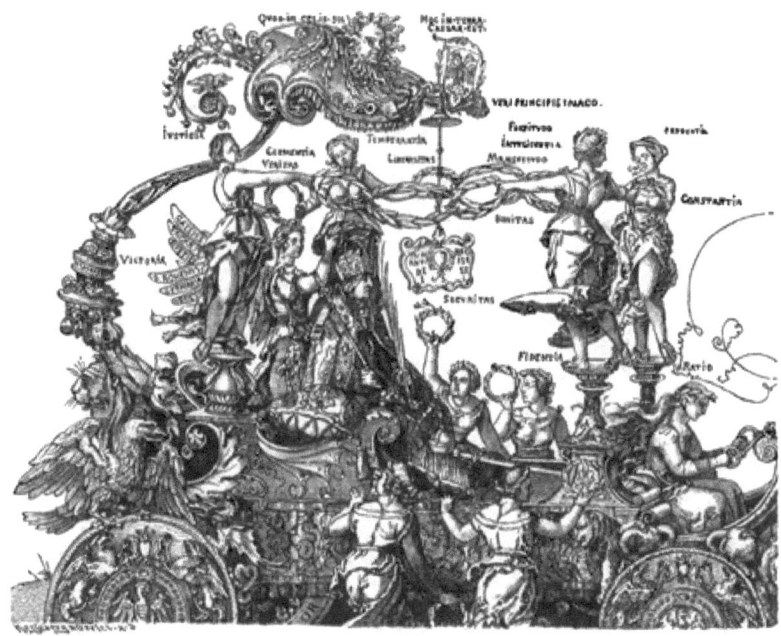

Kaiser Maximilian auf dem Triumphwagen, bekränzt von den Figuren der Tugenden. (Über dem Baldachin die Inschrift: „Quod in celis sol — Hoc in terra Caesar est." Was am Himmel die Sonne, ist auf Erden der Kaiser.) Stück (stark verkleinert) aus dem großen Holzschnitt „Triumphwagen Maximilians."

er ein langes inbrünstiges Gebet in seine Aufzeichnungen ein. Wir sehen aus dieser Stelle, daß der Meister mit der ganzen Aufrichtigkeit und tiefen Frömmigkeit seines Herzens der Reformation zugethan ist.

Wenn wir lesen, wie unglaublich viel Albrecht Dürer während seines Aufenthaltes in den Niederlanden, zwischen all den Festlichkeiten, den Besuchen bei hoch und niedrig, dem Betrachten der Sehenswürdigkeiten, dem Hin- und Herreisen zu Wagen, zu Roß und zu Schiff, immer und überall für andere zeichnete und malte, so erscheint es uns kaum begreiflich, daß er immer noch Zeit fand, an sein eigenes Studium zu denken. Und doch hat er außer einem mit zum Teil höchst sorgfältigen Zeichnungen wohlgefüllten Skizzenbuch auch eine Anzahl mit allem Fleiße ausgeführter größerer Studienblätter mit heimgebracht. So sind unter anderem zwei unvergleichlich meisterhafte Studienköpfe erhalten, die er in Antwerpen nach einem dreiundneunzigjährigen Greise gemacht hat (der eine in der Albertina, der andere im Berliner Kupferstichkabinett). Wenn sich dem arbeitsamen Meister gerade kein anderer Gegenstand darbot, so porträtierte er seine Frau; zwei der von Frau Agnes vorhandenen Bildnisse (im Kupferstichkabinett zu Berlin und in der Wiener Hofbibliothek) sind von der Niederländischen Reise datiert.

Als Dürer im Sommer 1521 heimgekehrt war, wurde ihm alsbald ein Auftrag von seiten seiner Vaterstadt zu teil. Der Rat übertrug ihm die Anfertigung der Entwürfe zur Ausmalung des Rathaussaales. Die dreifache Bestimmung des Saales, zu Reichstagen, Gerichtssitzungen und Festlichkeiten, war maßgebend für die Wahl der Gegenstände. Die kaiserliche Majestät ward verherrlicht durch jene für Maximilian angefertigte Komposition des „Großen Triumphwagens", die Dürer jetzt dahin veränderte, daß der Kaiser allein, ohne seine Familie, in der allegorischen Umgebung erschien. In dieser Gestalt gab er den „Triumphwagen" im Jahre 1522 auch in Holzschnitt heraus. Für die nächstgrößte Fläche der zu bemalenden Saalwand entwarf der Meister als Warnung vor vorschnellem Richterspruch eine Allegorie der Verleumdung, nach einer vielgelesenen Beschreibung eines Gemäldes des Apelles.

Knackfuß, Dürer und Holbein. 3

Kurfürst Friedrich der Weise. Kupferstichbildnis.

Unterschrift: „Christo geweiht." — „Dieser hat Gottes Wort mit der größten Ergebung gefördert; Ewigen J ist würdig darum er fürwahr." „Für Herrn Friedrich, Herzog von Sachsen, des h. röm. Reichs Erzmarschall, gemacht von Albrecht Dürer aus Nürnberg." · B · M · F · VV · (unverständlich) — 1524. —

Dieser Entwurf, eine ausgeführte Federzeichnung von 1522, wird in der Albertina aufbewahrt. Für das kleinere Mittelfeld zwischen den beiden großen Bildern ward eine lustige Darstellung bestimmt, die unter dem Namen „der Pfeiferstuhl" bekannte Gruppe von sieben Stadtmusikanten und sieben anderen volkstümlichen Figuren. — Dürer lieferte bloß die „Visierungen" zu diesen Gemälden, die Ausführung geschah durch andere Hände. Die Wandgemälde sind noch vorhanden, aber roh übermalt und sehr schlecht erhalten. — Unter den sich zunächst anreihenden Schöpfungen Dürers steht eine Anzahl von Meisterwerken der Porträtierkunst an erster Stelle. 1522 erschien das große prächtige Holzschnittbildnis des kaiserlichen Rates und Protonotars beim Reichskammergericht, Ulrich Varnbüler, eines dem Meister eng befreundeten Mannes. Später folgte das kleine Holzschnittporträt des Humanisten Eobanus Hessus. Wahrscheinlich bei Gelegenheit des Nürnberger Reichstages von 1522 bis 1523 porträtierte Dürer zum zweitenmal den Kardinal Albrecht von Brandenburg und dann auch seinen ältesten fürstlichen Gönner, Friedrich den Weisen von Sachsen. Beide Bildnisse stach er in Kupfer, das erstere (zum Unterschied von dem kleinen Porträt von 1519 „der große Kardinal" genannt) im Jahre 1523, das letztere 1524.

Würdig schloß sich diesen herrlichen Kupferstichbildnissen dasjenige des allzeit getreuen Freundes Wilibald Pirkheimer an (gleichfalls 1524), der nicht nur als Gelehrter, sondern auch als Staatsmann und Kriegsheld seinen Namen berühmt gemacht hatte. Im Jahre 1526 entstanden dann die Kupferstichporträts des Erasmus von Rotterdam, den

Wilibald Pirkheimers Bildnis aus dem 53. Jahre seines Lebens.
Kupferstich von 1524.
„Vivitur ingenio caetera mortis erunt."
Am besten durch das Schillersche Wort zu übersetzen:
„Wenn der Leib in Staub zerfallen, lebt der große Name noch."

Dürer in den Niederlanden zweimal nach dem Leben gezeichnet hatte, und des Melanchthon, der sich damals wiederholt in Nürnberg aufhielt, um die Einrichtung des neugegründeten Gymnasiums zu leiten. Das waren des Meisters letzte Kupferstiche.

In das Jahr 1526 fällt auch die Entstehung der letzten gemalten Bildnisse Dürers. Es sind die der Nürnberger Patrizier Jakob Muffel und Hieronymus Holzschuher, die sich beide jetzt im Berliner Museum befinden; das Bild des alten Holzschuher mit den wunderbaren lebensprühenden Augen gehört zu des großen Meisters größten Meisterwerken.

Philipp Melanchthon. Kupferstichbildnis aus dem Jahre 1526.
Unterschrift: „Dürer konnte dem Leben nachbilden die Züge Philippus',
Doch seine kundige Hand konnte nicht malen den Geist."

Für den Holzschnitt zeichnete er in diesem Jahre noch ein liebliches Bild der Heiligen Familie, von eigenartig poetischer Wirkung dadurch, daß die Glorienscheine, welche die Häupter der Mutter und des Kindes umleuchten, mit ihren Strahlen die ganze Luft erfüllen.

Und in dem nämlichen Jahre vollendete Dürer mit der gesammelten reifen Erfahrung des Alters, mit voller Manneskraft und mit jugendlicher Frische das letzte große Werk seiner Malerei: die beiden Tafeln mit den Aposteln Johannes und Petrus einerseits und Paulus und Marcus andererseits, die, bekannt unter dem Namen „die vier Apostel" oder „die vier Temperamente" jetzt den stolzesten Schmuck der Münchener Pinakothek bilden, diesen mächtig lebensgroßen ten, die sich jede Umgebung einem schwarze tergrunde ab erscheint schöpferische keit, ewig Charakterbilder gestalten, auf voller Höhe. ganze Liebe, auf eine sorg Ausführung zu wenden ver hat er diesem gewidmet. hat er hier je habene Einf erreicht, die e er einst Me thon voll über seine U kommenheit zwar als den h Schmuck der erkannt, aber mals erlange können geglaub te. Während h heren Arbeite rers dem wurf bisweilen etwas von g Knitterigkeit tete, sind hier die beiden Gewänder, den größten Raum der Bildfläche einn der weiße Mantel des Paulus und d des Johannes, mit einer einfachen Gro keit angeordnet, die mit der Gro keit der Köpfe in vollem Einklang st

Als Dürer diese Tafeln malte, sich wohl bewußt, daß die Tage Schaffenskraft gezählt seien. Er v sie seiner geliebten Vaterstadt „zu Angedenken."

„Sie sind sein Testament als Kü als Mensch, als Patriot und als e lischer Christ." In diesen Worten faßt Biograph Thausing, dessen klassisches die Kunst und das Leben des großen M der Gegenwart in mehr als einer Bez

Hieronymus Holzschuher. Ölgemälde von 1526, im Museum zu Berlin.

Johannes und Petrus. Marcus und Paulus.
Ölgemälde in der alten Pinakothek zu München.

nen erschlossen hat, die Bedeutung dieser Bilder zusammen.

An was Dürer bei der Darstellung der vier apostolischen Gestalten, die er dem Rat von Nürnberg widmete, insbesondere gedacht hatte, erläuterte er durch die Unterschriften, welche er den Bildern hinzufügte: „Alle weltlichen Regenten in diesen gefahrvollen Zeiten sollen billig achthaben, daß sie nicht für das göttliche Wort menschliche Verführung annehmen, denn Gott will nichts zu seinem Worte gethan, noch davon genommen haben. Darum höret diese trefflichen vier Männer Petrum, Johannem, Paulum und Marcum." Als „ihre Warnung" werden nun die Stellen aus dem zweiten Brief des

Petrus, aus dem ersten Brief des Jo aus dem zweiten Brief des Paulus an theus und aus dem zwölften Kapi Marcus-Evangeliums angeführt, wel falschen Propheten und Sektierern, vo nern der Gottheit Christi, vor Laste und vor hoffärtigen Schriftgelehrten

Als die Bilder, nachdem sie ein hundert in der Sitzungsstube der Würdenträger von Nürnberg gehangen ten, in den Besitz des Kurfürsten Max von Bayern übergingen, wurden die lich erscheinenden Unterschriften e und an die Kopien angesetzt, welche berg an Stelle der Originale erhielt

Schon seit der Niederländischen

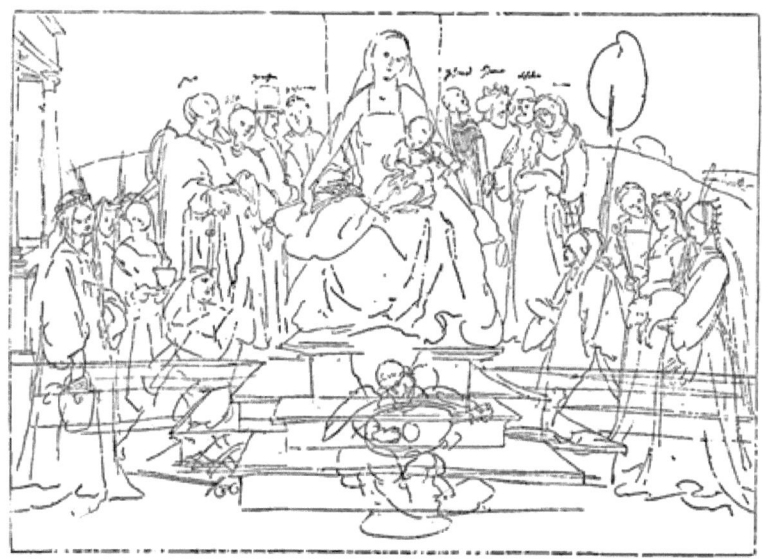

Anbetung der heiligen drei Könige.
Federzeichnung von 1521 in der Albertina zu Wien. Nach einer Photographie von Braun & Cie. in Dornach.
(Vertreter Hugo Grosser in Leipzig.)

Anbetung der Jungfrau Maria und des Kindes Jesu.
Skizze zu einer unausgeführten Komposition, im Museum des Louvre zu Paris.
Die Maria umgebenden Personen sind: zur Rechten derselben Jakob, Josef, Joachim und Zacharias, zur Linken Johannes, David, Elisabeth und Anna, darunter zwei Gruppen von Heiligen mit ihren Attributen. Die Inschriften über den Köpfen sind von Dürers Hand.

Das Wappen mit dem Hahn.   Kupferstich.

kränkelnd, sah Dürer sein Ende herannahen. Seine künstlerische Thätigkeit war mit dem Jahre 1526 im wesentlichen abgeschlossen.

Sehr Vieles und unendlich Großes hatte er geschaffen als Maler, Kupferstecher und Zeichner für den Holzschnitt. Für die erhabensten Figuren der christlichen Kunst hatte er eine Gestaltung gefunden, welche seither maßgebend geblieben ist; nicht mit Unrecht wird der von ihm geschaffene Christuskopf als das christliche Gegenstück des Olympischen Zeus bezeichnet. Daneben hatte er es nicht verschmäht, die Größe seines Könnens auch scheinbar kleinen Dingen zuzuwenden; er zeichnete prächtige Wappen, geschmackvolle Buchtitel und Bücherzeichen (Bibliotheksmarken), er konstruierte Alphabete und trug durch seine mustergültigen lateinischen Buchstaben mit bei zur Renais-

Für ein Käs[e]
geschenkt von
Nürnberg i[n]
lieferte er ei[ne]
eine anmuti[ge]
Dürer ganz
muß man sich
zeichnungen
viele aus al[ler]
handen sind
und private
unermüdlich[e]
seines Stud[iums]
Phantasie t[rotz]
allen nur
bald flüchti[g]
durchgearbei[tet]
Tage. Man[che]
dien nach [...]

Martyrium der heiligen Katharina. Entwurf zu einem Fries. Federzeichnung im British Museum.

Wunderwerke sorgfältigster Naturnachahmung. Unter den nur als Skizzen vorhandenen Kompositionen befindet sich manches treffliche Blatt, das gewiß ohne den Gedanken an eine einstige Ausführung, bloß um dem Schaffensdrange des Augenblicks zu genügen, entstanden ist, wie beispielsweise die großartige „Anbetung der heiligen Drei Könige," eine Federzeichnung von 1524, in der Albertina. — Vom Jahre 1526 an war Dürer fast nur noch schriftstellerisch thätig. Schon 1525 hatte er ein Buch über die „Meßkunst" (Perspektive) mit erläuternden Holzschnitten herausgegeben. 1527 widmete der vielseitig gebildete Künstler, der auch über Gymnastik und über Musik Abhandlungen geschrieben hatte, die er indessen nicht herausgab, dem König Ferdinand ein mit zahlreichen Illustrationen und mit einem schönen heraldischen Titelbilde geschmücktes Werk, durch das er dem von den Türken bedrohten Vaterlande nützen wollte, und das für die Folgezeit große praktische Bedeutung gehabt hat: „Unterricht zur Befestigung der Städte, Schlösser und Flecken." Ein mit diesem Werke in innerem Zusammenhang stehender großer Holzschnitt, die Belagerung einer Stadt darstellend, war die letzte lediglich künstlerische Arbeit, welche der Meister der Öffentlichkeit übergab. — Es drängte den Meister noch, die von ihm auf dem Gebiete der Kunst gemachten Erfahrungen kommenden Künstlergeschlechtern mitzuteilen. Seine eigene Kunst schätzte der größte Künstler ganz klein, aber er glaubte, mit der Zeit würden die deutschen Maler „keiner anderen Nation den Preis vor ihnen lassen." Zur Erlangung dieses Zieles wollte er nach Kräften beitragen, indem er auf die Not-

Das Wappen mit dem Totenkopf. Kupferstich.

Studie über die Unterschiede der Gesichtsbildung.
In einer Privatsammlung in Paris.

wendigkeit wissenschaftlicher Studien für den Künstler hinwies. Ihn dauerte die Unwissenheit vieler seiner Berufsgenossen, die, nur handwerksmäßig gebildet, ihre Werke zwar mit geschickter Hand, aber „ohne Vorbedacht" malten. Die „Meßkunst" sollte nur ein Teil seiner von ihm schon lange vorbereiteten umfassenden Unterweisung für junge Kunstbeflissene sein. Den Hauptbestandteil dieses Werkes sollte eine „Proportionslehre" in vier Büchern bilden, Abhandlungen über Malerei und anderes sollten sich anschließen. Doch nur das erste Buch der „Proportionslehre", die nachmals von seinen Freunden in ihrem ganzen Umfange druckfertig gemacht und herausgegeben und die später in viele Sprachen übersetzt wurde, vermochte er selbst endgültig fertigzustellen.

Plötzlich und unvermutet starb Dürer vor Vollendung seines 57. Lebensjahres eines sanften Todes. Er ward auf dem Johanneskirchhof zu Nürnberg in dem Erbbegräbnis der Familie Frey bestattet. „Dem Gedächtnis Albrecht Dürers. Was von Albrecht Dürer sterblich war, wird von diesem Hügel geborgen. Er ist dahingegangen am 6. April 1528." So lautet in klassischer Kürze die von Pirkheimer verfaßte lateinische Inschrift der Erzplatte, welche die Gruft bedeckt. — Zahlreiche Auslassungen geben

uns Kunde von dem S mit dem die Todesnachr größten Männer der I füllte. — So hoch auch den seine gelehrten I den deutschen Apelles ten, um seiner Kunst geehrt worden war, so höher hatte man ihn un menschlichen Tugenden geschätzt und bewunde Dürers Künstlerruhm schon bei seinen Lebzeite nur in Deutschland u Niederlanden, sondern Italien unbestritten. I dig sowohl wie in Ant wurden ihm Jahres angeboten, um ihn d zu fesseln. Als er v nedig aus einmal na logna reiste, wurde der dortigen Künstl mit überschwenglichem begrüßt, in Ferrara wurde er durch G gefeiert. Raffael Sanzio tauschte A mit dem deutschen Meister aus, „um ih

Kopf eines alten Mannes.
Zeichnung in einer Privatsammlung in Lond

Stein und Porträtmedaillen, wurden mit seinem Monogramm bezeichnet und als Arbeiten Dürers in den Handel gebracht. Seine größeren Gemälde wurden durch den Eifer fürstlicher Sammler, unter denen Kaiser Rudolf II obenan stand, fast alle von ihren ursprünglichen Bestimmungsorten entfernt. Erst als in der zweiten Hälfte des 17. Jahrhunderts der französische Kunstgeschmack in Deutschland herrschend wurde, ließ die Bewunderung des großen, und durch deutschen Meisters nach. erste, der dessen Bedeutung dann erkannte und würdigte, war Goeth sprach es aus zu einer Zeit, wo die noch durchweg anderen Anschauunge digte, daß „Dürer — wenn man ih im Innersten erkannt hat — an W Erhabenheit und selbst an Grazie i ersten Italiener zu seinesgleichen hat

Pelikan. Zeichnung im British Museum zu London.

Hans Holbein der jüngere

Zierleiste. Zeichnung von Hans Holbein im Museum zu Basel.

Hans Holbein der jüngere.

Mit Benutzung von Photographien aus dem Verlage von Ad. Braun & Cie. in Dornach und Paris.
(Vertreter Hugo Grosser in Leipzig.)

olbein und Dürer sind die weitaus größten deutschen Maler der Renaissance. Beide ergänzen sich gegenseitig und geben zusammen betrachtet das Gesamtbild des damaligen künstlerischen Vermögens der deutschen Nation. Dürer steht an schöpferischer Kraft, an Geist und an Gemüt weit über Holbein, aber dieser übertrifft ihn in bezug auf äußerliche Schönheit, auf Formvollendung und Farbenreiz. Dürer ging aus einer Schule hervor, die noch halb der Gotik angehörte, und sein Genius ließ ihn die Bahnen der neuen Kunst entdecken. Holbein dagegen war durch nichts mit der Kunst des Mittelalters verbunden. Er wurde durch seinen Vater ausgebildet, und dieser stand, als der im Jahre 1497 geborene Knabe fähig war künstlerischen Unterricht aufzunehmen und zu verarbeiten, schon ganz auf dem Boden der vollen, reifen Renaissance.

Der nachhaltige Einfluß des Vaters ist in den Werken des jüngeren Hans Holbein unverkennbar, aber schon früh muß seine Lehrzeit beendet gewesen sein. Er war noch sehr jung, als er seine Vaterstadt Augsburg, wo bald auch für den Vater kein Bleiben mehr sein sollte, verließ und sich nach Basel wandte.

Hier finden wir die ersten Spuren seiner Thätigkeit bereits im Jahre 1514; diese Jahreszahl trägt ein im Museum zu Basel befindliches, leider schlecht erhaltenes Madonnenbild.

Eine kostbare Arbeit Holbeins aus dem Jahre 1515 besitzt dieselbe Sammlung in 82 flotten Federzeichnungen voll Schalkheit und Witz, welche die breiten Ränder eines Exemplars von des Erasmus von Rotterdam „Lob der Narrheit" schmücken. Dieses in lateinischer Sprache geschriebene satirische Buch war 1514 bei dem berühmten Baseler Buchdrucker Johannes Froben erschienen. Für Erasmus selbst, damit dieser sich daran ergötze, führte Holbein in zehn Tagen die Zeichnungen aus. Es ist bezeichnend für das Verhältnis des jungen Künstlers zu dem weltberühmten Gelehrten, daß er auch dessen Figur durch Namensbeischrift, da die Porträtähnlichkeit in der kleinen Zeichnung wohl

Schlußzeichnung zu Erasmus' „Lob der Narrheit". (Die Narrheit steigt vom Katheder herunter.)
Aus dem Handexemplar des Erasmus, jetzt im Museum zu Basel.

Madonna. Tuschzeichnung als Vorlage zu einem Glasfenster, im Museum zu Basel.

Holbeins Selbstbildnis. Buntstiftzeichnung im Museum zu Basel.

etwas zweifelhaft ausgefallen war, kenntlich gemacht — an geeigneter Stelle anbrachte, und daß Erasmus den Scherz vergalt, indem er auf der nächsten Seite unter eine keineswegs schmeichelhafte Gestalt den Namen Holbein schrieb. Daß die Zeichnungen sehr schnell gemacht sind, sieht man ihnen an; aber sie überraschen durch ihren kecken Mutwillen und durch die Schärfe der mit wenigen flüchtigen Strichen gegebenen Charakteristik.

Von demselben Geiste lustigen Humors erfüllt ist eine in der Stadtbibliothek zu Zürich aufbewahrte Arbeit, welche Holbein spätestens 1515 ausgeführt haben muß, da der Besteller derselben, Hans Ber, in diesem Jahre als Fähnrich mit den Baseler Truppen aus-

zog und aus der zweitägigen blutigen Schlacht bei Marignano nicht heimkehrte. Es ist eine bemalte hölzerne Tischplatte mit der Darstellung des „Niemand", der an allem was irgendwo Verkehrtes angerichtet worden ist, schuld sein soll, und der sich doch nicht verteidigen kann, und anderer volkstümlicher Späße.

Der junge Maler nahm jeden Auftrag an, der ihm geboten wurde. So malte er im Jahre 1516 das Aushängeschild eines Schulmeisters, eine Tafel mit langer Inschrift und mit den Abbildungen des Schulmeisters und der Schulmeisterin, wie sie Kinder und Erwachsene unterrichten.

Zu derselben Zeit aber malte er auch

Baseler Bürgermädchen. Tuschzeichnung im Museum zu Basel.

Bildnisse, in denen er sich als ganzen Künstler zeigte, der die Meisterschaft seines Vaters in der bestimmten Erfassung einer Persönlichkeit geerbt hatte und der aus einem Bildnis ein prächtiges Bild zu machen verstand. Im Baseler Museum finden wir in dem nämlichen Saal, wo jenes Aushängeschild bewahrt wird, die gleichfalls mit der Jahreszahl 1516 bezeichneten trefflichen Brustbilder des Bürgermeisters Jakob Meyer und seiner Gattin.

Der Hintergrund wird bei diesen von gemeinsamen Rahmen umschlossenen P durch eine reiche, goldverzierte Rena Architektur gebildet, welche Durchblicke blaue Luft freiläßt. Holbein machte, auch sein Vater bei seinen späteren G den gethan hatte, gern und reichlich G von den aus Italien überkommenen men, welche die antike Architektur und mentik mehr oder weniger frei nachbi

Vornehme Baselerin. Tuschzeichnung im Museum zu Basel.

Im Jahre 1517 begab sich Holbein nach Luzern. Hier harrte seiner eine umfangreiche Aufgabe der Wandmalerei.

Während im übrigen Deutschland damals den Malern wenig Gelegenheit geboten wurde, ihre Kunst auf diesem besonderen Gebiet zu erweisen, dem die gleichzeitigen Italiener die Freiheit und Größe ihres Stils in erster Linie verdankten, hatte in den deutschen Städten in der Nähe des Alpenrandes — zuerst vielleicht in Augsburg, das ja vornehmlich den Verkehr mit Italien vermittelte, — die oberitalienische Sitte Aufnahme gefunden, die Außenseite der Häuser mit Gemälden zu schmücken, anstatt in der Anbringung gotischer Zierformen das Mittel zur Belebung der Flächen zu suchen; die Mauern blieben zur Aufnahme solchen Schmuckes ganz schlicht, und die Fenster erhielten schon früh eine einfach viereckige Gestalt. Die Ausmalung der

Baseler Mädchen mit einem Humpen. Tuschzeichnung im Museum zu Basel.

Innenräume der Bürgerhäuser mit figürlichen Darstellungen war in diesen Gegenden bereits vor mehr als einem Jahrhundert beliebt.

So hatte auch Holbein in Luzern das Haus des Schultheißen Jakob von Hertenstein von innen und von außen mit Malereien zu schmücken. Im Innern kamen in einem Gemache religiöse, in andern Räumen genrehafte Gegenstände zur Darstellung, dazu das Märchen vom Jungbrunnen, dessen Wasser Alten und Gebrechlichen Jugendkraft und Jugendschönheit wiedergibt. Außen n Historienbilder angebracht; der Stoff z jen wurde jetzt, in einer Zeit, wo all dem Studium des klassischen Altertum wandte, nicht mehr aus den mittelalter Dichtungen, sondern aus der — freili späteren Sagen untermischten — Ges der Römer und Griechen geschöpft. Zu dieser Bilder, dem Triumphzuge Cäsar nutzte Holbein einen Kupferstich des g oberitalienischen Meisters Andrea Man

Entwurf zu einem Wappenfenster. Tuschzeichnung im Museum
zu Basel.

dessen Kupferstiche waren überhaupt die vorzüglichsten Vermittler der neuen italienischen Kunstanschauungen, sie hatten auch Dürer in seinen jungen Jahren beeinflußt. Wie es Holbein auf seinem Vorbilde sah, gab er hier den Figuren antike Tracht. Die übrigen Darstellungen kleidete er in das Gewand seiner Zeit.

Das Hertensteinische Haus stand mit großenteils wohlerhaltenem Gemäldeschmuck bis zum Jahre 1824; dann mußte es abgetragen werden, und nur sehr ungenügende Kopieen bewahren uns — abgesehen von einigen kaum nennenswerten Resten und von einer kleinen mit der Feder gezeichneten Skizze zu einem der Bilder — das Andenken an Holbeins erste monumentale Schöpfung.

Nach Basel zurückgekehrt, wurde Holbein am 25. September 1519 in die dortige Malerzunft aufgenommen.

Wenige Wochen später vollendete er eins seiner meisterhaftesten Bildnisse, dasjenige des gelehrten und kunstsinnigen Bonifazius Amerbach. Dieses Bild weist alle jene Vorzüge auf, durch welche Holbein als Porträtmaler auf einer so außerordentlichen Höhe steht: die geistreichste Auffassung und die schlichteste, ungezwungenste Natürlichkeit, eine unbedingt sichere Zeichnung, die nicht den leisesten Zweifel an der sprechenden Ähnlichkeit mit dem Modell aufkommen läßt, eine vollendete Farbenharmonie und eine wunderbare Behandlung des Fleisches, das auch in den tiefsten Schatten seine natürliche Farbe zeigt.

Entwurf zu einem Wappenfenster. Tuschzeichnung im Museum zu Basel.

Am 3. Juli 1520 leistete Holbein der Stadt Basel den Bürgereid. Wahrscheinlich um dieselbe Zeit vermählte er sich mit Frau Elsbeth, einer Witwe. Erwerbung des Bürgerrechts und Verehelichung wurden vermutlich von den Baseler Zunftordnungen ebenso ausdrücklich wie von denjenigen anderer Städte von jedem verlangt, der sich als Meister niederlassen wollte.

Wie der junge Meister aussah, zeigt uns das schöne, mit farbiger Kreide gezeichnete Selbstbildnis im Museum zu Basel.

Sieben Jahre lang von seiner Aufnahme in die Zunft an blieb Holbein ohne längere Unterbrechung seines Aufenthaltes in und entfaltete die reichste Thätigkeit.

Fassadenmalereien führte er eine Menge aus. Mit kühner Phantasie u genialer Ausnutzung der durch die unre ßigen Fensterstellungen gegebenen verich artigen Flächen umkleidete er die sch Häuser mit säulenreichen Renaissancetekturen und belebte die gemalten L und luftigen Hallen mit geschichtlichen, logischen, sinnbildlichen und volkstü Gestalten. Am berühmtesten war die mütig lustige Darstellung eines B tanzes, nach welchem das Haus, a

Christus am Kreuz. Zeichnung für ein Glasfenster, im Museum zu Basel.

Die Verspottung Christi. Tuschzeichnung zu einem Glasfenster, im Museum zu Basel.

sie sich befand, „zum Tanz" genannt wurde. Bedeutsamer als solche Straßenmalereien, welche als rein dekorative Arbeiten betrachtet und schlecht bezahlt wurden, war die Ausmalung des Rathaussaales, welche dem Meister im Juni 1521 übertragen wurde und die gegen Ende des nächsten Jahres zu einem vorläufigen Abschluß kam. Auch hier verwandelte Holbein den einfachen Raum durch gemalte Säulenstellungen in eine weite Halle. In den Durchblicken ließ er, gleichsam draußen, die zur Darstellung gelangenden Vorgänge sich abspielen. Für die Hauptbilder gab wieder die Geschichte des Altertu Stoff; sie sollten in klassischen Beispi strengster Gerechtigkeitspflege und Un lichkeit ermahnen.

Auch die Baseler Wandgemälde sind gegangen. Einzelne erhaltene Entwürfe, zeichnungen nach solchen und einige Kopieen aus späterer Zeit lassen u Reichtum und die Schönheit der mon talen und dekorativen Schöpfungen H nur noch ahnen. Von einem Teil des L tanzes besitzt das Berliner Kupferstich eine aquarellierte Originalskizze. Die derartigen Sachen aber befinden sich im Basler Museum, das überhaupt die reichhaltigste Sammlung von Werken Holbeins birgt.

Daß hier so viele Werke des Meisters vereinigt sind, ist hauptsächlich dem Kunstsinn jenes Bonifazius Amerbach zu verdanken, den Holbein im Jahre 1519 porträtierte. Amerbach sammelte einen reichen Schatz von Kunstwerken, darunter alles was er nur von Holbeins Arbeiten erlangen konnte. Im Jahre 1661 wurde diese Sammlung, welche der Sohn ihres Begründers, Basilius Amerbach, noch bedeutend vergrößert hatte, von der Stadt erworben; sie bildet den Hauptbestandteil des Basler Museums.

Was uns in dem kostbaren Schatz Holbeinscher Handzeichnungen, den wir hier finden, am meisten fesselt, sind die geistvollen Bildnisstudien, die mit den denkbar einfachsten Mitteln alles ausdrücken, was ein Menschenantlitz enthält. Aus den beigeschriebenen Angaben über Färbung und Kleiderstoffe ersehen wir, daß Holbein seine Modelle nicht durch langes Sitzen ermüdete, daß er vielmehr auf Grund solcher Notizen die Ausführung in Farben zum großen Teil aus dem Gedächtnis vollendete.

Den Bildniszeichnungen reihen sich einige Zeichnungen von Frauen und Mädchen in ganzer Figur an, welche den Reichtum und die Kleidsamkeit der damaligen Frauentrachten der Nachwelt überliefern.

In großer Anzahl sind getuschte Entwürfe zu Glasfenstern vorhanden, welche Holbeins Meisterschaft in Hinsicht auf Erfindung, Zeichnung und dekorativen Geschmack auf der glänzendsten Höhe zeigen.

Die Glasmalerei hatte ihren Vorrang unter den verschiedenen Zweigen der Malerkunst schon längst eingebüßt; in der Renaissancezeit trat sie völlig in Abhängigkeit von der Tafelmalerei. Sie gab ihren teppichartigen Charakter auf, und mit Hilfe neu erfundener Mittel wußte sie es jener in plastischer Modellierung und perspektivischer Wirkung gleich zu thun. Auch hörte sie auf, eine rein kirchliche Kunst zu sein; sie schmückte in den sonst farblosen Fenstern der Bürgerhäuser einzelne Scheiben mit Wappen und mit figürlichen Darstellungen. Hier traten ihre Gebilde dem Beschauer in nächster Nähe vor Augen, eine Scheibe enthielt nicht mehr eine einzelne Farbe, sondern unter Umständen ein ganzes Bild, die feinste, zierlichste Aus-

Christus im Grabe. Ölgemälde im Museum zu Basel.

Die Madonna des Bürgermeisters Meyer, im großherzoglichen Schloß zu Darmstadt.

Studienzeichnung zu der Tochter des Bürgermeisters Meyer in dem Darmstädter
Madonnenbild, im Museum zu Basel.

führung war daher unbedingt notwendig. Daß bei so gänzlich veränderten Anforderungen die Glaser sich die Entwürfe zu ihren Arbeiten gern von Malern andern Faches anfertigen ließen, war natürlich.

Sowohl zu Glasfenstern mit religiösen Darstellungen als auch zu solchen mit Wappenbildern hat Holbein Zeichnungen angefertigt. Bei den letzteren hat er mehrmals Landsknechte, deren auffallende und malerische Erscheinung überhaupt einen großen Reiz auf ihn wie auf andere Künstler der Zeit ausübte, als Schildhalter verwendet. Von derartigen Entwürfen besitzt auch das Berliner Kupferstichkabinett ein besonders schönes Blatt, gleich ausgezeichnet durch die geschmackvolle Renaissance-Architektur der Umrahmung wie durch die lebenswahren prächtigen Gestalten der beiden Kriegsleute.

Das bedeutendste aber unter Holbeins Glasbilder-Entwürfen sind zehn Darstellungen aus der Leidensgeschichte Christi, von dem Verhör vor Kaiphas bis zum Kreuzestode. Zwischen kühn erfundenen, reichen und kräftigen architektonischen Einfassungen breiten sich die Bilder aus, vollendete Meisterwerke der Raumausfüllung. Finden wir in diesen Kompositionen auch nicht die unerreichbare

Tiefe der Empfindung und die ergreifende Poesie Dürers, so kommen sie dafür durch die ungemein anschauliche und naturgemäße Schilderung der mehr vom menschlichen als vom religiösen Standpunkt aus aufgefaßten Vorgänge und durch die schlichte natürliche Schönheit der Formen, die alle Härten vermeidet, dem Verständnis und dem Gefühl des modernen Beschauers um so unmittelbarer entgegen. Auch der nebensächliche Umstand spricht dabei mit, daß sich nirgendwo das zeitgenössische Kostüm hervordrängt, daß namentlich die Kriegerfiguren großenteils in die antik-römische Tracht nach Mantegnas Vorbild gekleidet sind. Mit diesem Bestreben, auch in der Äußerlichkeit der Kleidung nach geschichtlicher Treue zu suchen, steht Holbein unter den deutschen Künstlern seiner Zeit noch ganz vereinzelt da.

Holzschnittbild

Das Leiden Christi, dieses nie erschöpfte Thema, hat Holbein auch zweimal in Ölgemälden behandelt. Die eine der beiden Folgen, von der das Baseler Museum fünf Bilder besitzt, gehört seiner frühesten Jugendzeit an; das alte Verzeichnis der Amerbachschen Sammlung, aus der zwei von den Bildern stammen, zählt diese zu Hans Holbeins ersten Arbeiten in Ölfarbe.

Neuerdings nimmt man an, daß diese Passionsbilder, die der Begabung Hans Holbeins nicht ganz entsprechen, in einer ihm und seinem älteren Bruder Ambrosius, der gleichfalls Maler war, gemeinsamen Werkstatt entstanden seien.

Ambrosius Holbein wird in Basel seit dem Jahre 1516 erwähnt. Es sind gefällige Buchverzierungen und Illustrationen in Holzschnitt, eine Anzahl von Handzeichnungen und einige wenige Gemälde, unter denen die Bildnisse zweier Knaben die erste Stelle einnehmen, von ihm vorhanden. Er scheint sehr früh gestorben zu sein; wenigstens geschieht seiner nach dem Jahre 1519 keine Erwähnung mehr.

Die andere gemalte Passion, die aus acht in einem gemeinsamen Rahmen vereinigten Bildern besteht, galt jahrhundertelang als die Krone von Holbeins Kunst. Das ist uns heute freilich schwer verständlich, so sehr wir auch die packende Anschaulichkeit der figurenreichen Darstellungen, die Feinheit des Ausdrucks in Köpfen und Händen und die malerische Wirkung der verschiedenen Beleuchtungen bewundern müssen. Das gefeierte Werk

Holzschnittbildnis des Erasmus von Rotterdam.
Titel der Frobenschen Gesamtausgabe von Erasmus' Werken von 1540.

Übersetzung der Unterschrift:

„Pallas bewunderte jüngst die Apelles' würdige Zeichnung, | Holbein zeigt dädalische Kunst, und der große Erasmus
Ließ es als ewige Zier hegen die Bibliothek. | Zeiget den Musen zugleich herrlichen Geistes Gewalt."

Boas und Ruth.
Aus den Holzschnitten zum Alten Testament.

bilder von Adam und Eva, eine anspruchs-
lose Naturstudie; ein unvollständig erhaltenes
Abendmahl, das sehr auffallend an berühmte
italienische Vorbilder erinnert; ein ausgezeichnetes kleines Doppelbild mit dem leidenden
Christus und der schmerzensreichen Maria
unter einer prächtigen Säulenhalle, grau in
grau gemalt mit blauer Luft; schließlich zwei
leider durch Übermalung verunstaltete Gemälde, welche zur inneren Bekleidung der
Orgelthüren im Dom zu Basel dienten, mit
prächtigen Heiligengestalten, einer köstlichen
Gruppe musizierender Kinderengel und einer
Ansicht des Münsters, — alles perspektivisch
so dargestellt, als ob man es, der hohen
Aufstellung der Bilder entsprechend, von
unten sähe.

Manches Kirchengemälde Holbeins mag
durch den Bildersturm, der 1529 in Basel
wütete, vernichtet worden sein. Einige solcher
Werke aber haben sich außerhalb Basels erhalten. Davon tragen ein paar Arbeiten, die
sich in der Kunsthalle zu Karlsruhe befinden,
einen ziemlich handwerksmäßigen Charakter:
eine figurenreiche Kreuztragung von 1515,
von der es übrigens zweifelhaft ist, ob sie
von dem jüngeren oder dem älteren Hans
Holbein herrührt, und die Einzelgestalten des
heiligen Georg und der heiligen Ursula von
1522. Die übrigen dagegen sind sorgfältig
durchgebildete herrliche Meisterwerke, freilich
alle durch sogenannte Ausbesserungen mehr
oder weniger beschädigt.

Im Münster zu Freiburg prangen auf

dem Alter der soge
ten Universitäts
zwei Bilder, die
bein für den R
Ratsherrn Hans
ried malte, un
dieser wahrscheinli
nach Freiburg
als er Basel i
der wilden Reli
streitigkeiten des
1529 verließ. Da
die Geburt Christi
ein wirkun
Nachtstück; das
Mondlicht streite
dem hellen Hin
schein, der von
göttlichen Kinde
geht. Das ander
die Anbetung der heiligen drei K
in reicher, farbenprächtiger Darstellun

In der städtischen Sammlung zu
thurn befindet sich eine im Jahre 152
mutlich für eine Kirche dieser Stadt g
schöne Madonna zwischen dem heiligen M
der in bischöflichem Ornat erscheint, un
heiligen Ursus, einem stattlichen Rit
Eisenharnisch.

Das großartigste aber unter allen
giösen Bildern Holbeins, wohl die
von seinen sämtlichen Schöpfungen,
Madonna, welche er für den Bürger
Jakob Meyer, mutmaßlich im Jahre
malte, und die sich in Darmstadt un
des großherzoglichen Hauses befindet.
ist dies eins der seltenen Kunstwerk
gleich beim ersten Anblick den Beschau
der ganzen Macht einer vollkommenen
überwältigen, und die man, wenn m
einmal gesehen hat, nie wieder vergiß

Die Himmelskönigin erscheint hier
thronend, sondern sie steht aufrecht
unter der Familie des Stifters, über
Mantel sich ausbreitet; das göttliche
schmiegt sein Köpfchen an die Brust der M
und streckt die Händchen segnend üb
Beter aus. Auf der einen Seite kni
Bürgermeister Meyer in inbrünstigem
neben ihm sein halbwüchsiger Sohn,
Andacht einigermaßen gestört wird du
jüngste Familienmitglied, ein entzü
nacktes Knäblein, das sich um himm
Dinge noch gar nicht kümmert und

Bruder mit beiden Händen festgehalten werden muß. Gegenüber knieen die erste und die zweite Frau des Bürgermeisters in stiller, ernster Andacht, sowie eine etwa dreizehnjährige Tochter, deren Aufmerksamkeit zwischen dem Rosenkranz in ihren Händen und dem niedlichen kleinen Brüderchen geteilt erscheint.

Im Jahre 1888 ist es gelungen, dieses Meisterwerk von allen Überarbeitungen späterer Zeiten zu befreien, sodaß es wieder in seiner ganzen ursprünglichen Pracht und Frische zu Tage getreten ist und die ausgezeichnete alte Kopie verdunkelt, welche sich in der Dresdener Gemäldegalerie befindet, und die Jahrhunderte lang für das Original gegolten hat.

Unter den Bildnissen, welche Holbein in der Zeit von 1520 bis 1526 gemalt hat, stehen diejenigen des Erasmus von Rotterdam in erster Reihe. Der große Gelehrte, der seit 1513 jedes Jahr eine Zeitlang in Basel verweilte, ließ sich 1521 ganz in dieser Stadt nieder, die er den behaglichsten Musensitz nannte. Dreimal ließ sich Erasmus im Jahre 1523 von Holbein abmalen. Das eine dieser Bilder befindet sich in England, das andere im Louvre zu Paris, das dritte im Baseler Museum. Hier und auf dem Pariser Bilde sehen wir den Gelehrten schreibend dargestellt; man weiß nicht, was man mehr bewundern soll, den Kopf oder die unvergleichlichen Hände. Anschaulicher und überzeugender ist niemals die ganze Seele einer Persönlichkeit in einem Bilde sichtbar gemacht worden.

Das Bild des Erasmus begegnet uns auch wiederholt unter Holbeins zahlreichen Holzschnitten. Einmal sehen wir seinen Kopf im Profil mit einem Rundbildchen, eine wunderbar geistreiche Zeichnung, mit der verschiedene Frobensche Ausgaben von Werken des Erasmus geschmückt sind. Das andere Mal erscheint er in ganzer Figur, gestützt auf den Terminus, den Beschützer der Wege und Grenzen, den er zu seinem Sinnbild gewählt hatte. Ebenso vortrefflich wie das Bildnis

Der Tod und das Ehepaar.
Aus der Holzschnittfolge „der Totentanz".

ist auf diesem Blatt die prächtige Umrahmung im edelsten ausgebildeten Renaissancestil, das vollendetste Meisterwerk unter allen derartigen Buchverzierungen.

Holbein zeichnete von früher Jugend an für den Buchdruck. Seine ersten Arbeiten dieser Gattung finden sich in den Werken des Frobenschen Verlags vom Jahre 1516; es sind zwei geschmackvoll aufgebaute Titeleinfassungen, die eine mit Genien und Tritonen, die andere mit der Geschichte des Scävola und mit Kindergruppen geschmückt. Derartige Titelblätter, sowie auch einzelne Zierleisten, welche beliebig zur Umrahmung zusammengefügt werden konnten, führte Holbein in großer Menge aus, unerschöpflich in der Erfindung der schönsten Renaissanceformen und figürlichen Darstellungen jeder Art, von den großartigsten biblischen Kompositionen bis zu den drolligsten Genrebildchen. Ferner entwarf er Buchdruckerzeichen für die verschiedenen Baseler Verleger. Er zeichnete eine ganze Anzahl von Alphabeten, bei denen er ebenso wie Dürer den Buchstaben die klassischen Formen der antiken Schrift gab, auch einige

Dolchscheide mit einer Darstellung des Totentanzes.
Tuschzeichnung im Museum zu Basel.

Der kreuztragende Christus. Holzschnitt (einziges Exemplar) im Museum zu Basel.

griechische Alphabete; die Buchstaben umgab er mit spielenden Kindern, mit drolligen Bauerngruppen, mit Totentanzbildern, mit geschichtlichen Szenen und allerlei anderen Bildchen.

Ebenso zahlreich wie die mannigfaltigen Buchverzierungen sind die abgeschlossenen bildlichen Darstellungen, welche Holbein für den Holzschnitt zeichnete. Er illustrierte die Geheime Offenbarung in 21 und das Alte Testament in 91 Bildern. Bei der ersteren dieser Folgen, die 1523 in zwei Basler Ausgaben von Luthers Übersetzung des Neuen Testaments erschien, vermochte Holbein frei-

lich nicht an Dürers Schöpfungen hi[n]reichen. In den Zeichnungen zum Testament aber schuf er ein Meisterwe[rk] Illustration. In Bildern von sehr k[leinem] Format veranschaulichte er alles in de[r ein]fachsten und sprechendsten Weise, mit liebenswürdigen, schlichten Natürlichkeit. Zeichnungen sind, wenn auch manche da[von] sich sichtlich an ältere Vorbilder anl[ehnen,] durch eine unendliche Kunst von der m[ittel]alterlichen Kunst geschieden, sie gehöre[n] der Neuzeit an. Der größten Mehrzah[l nach] sind dieselben auch im Schnitt vort[refflich] ausgeführt. Dies ist das Verdienst des

Ablaßhandel. Teil eines höchst seltenen (weil angeblich durch den Rat der Stadt Basel verboten gewese[nen]) Holzschnittblattes. (Überall in der Kirche ist das Wappen der Medicäer angebracht.)

Entwurf zu dem Familienbild des Thomas Morus. Federzeichnung im Museum zu Basel.
Der Namensbeischriften auf dieser Zeichnung sind von der Hand Thomas Morus, die Notizen aber einige Aenderungen in der Anordnung von der Hand Holbeins.

Holbeins Frau und Kinder. Ölgemälde im Museum zu Basel.

gezeichneten Formschneiders Hans Lützelburger, der seit 1523 Holbeins Zeichnungen schnitt; mit wahrer Meisterschaft wußte derselbe den zartesten Strichen Holbeins mit dem Messer zu folgen, er wurde durch dessen feine Vorzeichnungen der Schöpfer des sogenannten Feinschnitts. Lützelburger starb bereits im Jahre 1526, und wahrscheinlich war der Umstand, daß sich niemand fand, der die noch fehlenden Schnitte mit gleicher Güte hätte ausführen können, die Veranlassung, daß die Herausgabe des Werkes sich um zwölf volle Jahre verzögerte. Die Zeichnungen erschienen erst 1538 in einer von den deutschen Druckern Melchior und Kaspar Trech zu Lyon verlegten lateinischen Ausgabe des Testaments. In demselben Verlage e zu gleicher Zeit eine andere, gleichfalls größten Teil von Lützelburger geschn Bilderfolge Holbeins, die noch mehr A erregte als die Bibelillustrationen: ein tanz. Dieses berühmteste Holzschni Holbeins behandelt das beliebte schau Thema mit großartiger Genialität.

Samuel bedroht Saul mit dem Zorn Gottes. Entwurf zu einem Wandgemälde für den Rathaussaal zu Basel, im Museum daselbst.

Holbein stellt den Tod ganz als Gerippe dar. Seine anatomische Kenntnis ist freilich sehr unvollkommen; aber er versteht es meisterhaft, dem leeren Knochengerüst den Anschein eines lebenden Wesens zu geben; die tiefen Schatten der leeren Augenhöhlen und das scheinbare Grinsen der fleischlosen Kiefer geben ihm die Mittel, einen eigentümlich drastischen Gesichtsausdruck hervorzuzaubern, der in seiner Mannigfaltigkeit alles Mienenspiel ersetzt.

Den Anfang der Folge — in der ersten Ausgabe sind es 41 Blätter, später kamen noch einige, deren Schnitt unvollendet geblieben war, hinzu — bildet als Einleitung die Erschaffung der Eva, der Sündenfall und die Vertreibung aus dem Paradies. Dann tritt der Tod auf; er hilft Adam bei der Bearbeitung der Erde mit einem unbeschreiblichen Ausdruck wilden Vergnügens. Die Freude des Todes darüber, daß die Menschheit ihm verfallen ist, verkündet auf dem nächsten Blatt ein Konzert von Gerippen mit lärmendem Jubel. Und jetzt sucht der Tod alle Stände heim, vom Papst und Kaiser angefangen bis zu den Ärmsten und Geringsten und zum unmündigen Kinde. Mit grausigem Humor mischt er sich in die Thätigkeit der Menschen, bald heimlich, bald offen, unerkannt oder Entsetzen verbreitend. Dem schmausenden König reicht er als Mundschenk den Wein, als verbindlicher Kavalier geleitet er die Kaiserin und als tanzender Narr ergreift er die Königin inmitten ihres Hofstaats. Höhnisch trägt er Inful und Hirtenstab, da er den Abt hinwegzerrt; mit einem Kranze geschmückt, wie ihn die jungen Stutzer bei Tanz und Gelagen zu tragen pflegten, reißt er die Äbtissin über die Klosterschwelle; als Meßner naht er sich dem Prediger. Bekränzt und tanzend verhöhnt er, von einem lustig musizierenden Gerippe begleitet, eine alte Frau, die rosenkranzbetend am Stabe dahinschleicht. Den Arzt sucht er als Begleiter eines Patienten auf; mit fragender Miene reicht er dem Gelehrten einen Schädel dar; dem Reichen raubt er sein Geld. Aus den Wogen aufsteigend, zerbricht er den Mast eines Schiffes auf stürmischer See; von Panzer und Kettelhemd umschlottert, rennt er einem Ritter den Speer durch Harnisch und Leib. Er hilft beim bräutlichen Schmücken der jungen Gräfin und schreitet als Trommler vor dem vornehmen Ehepaar her. Wie ein Wegelagerer überfällt er den Krämer auf offener Landstraße; er treibt als übereifriger Knecht das Gespann des Bauersmannes, der in reizvoll friedlicher Landschaft hinter dem Pfluge herschreitet. Welches der Bildchen man auch betrachten mag, jedes einzelne ist eine beziehungsreiche, geistvolle Schöpfung, in die man sich lange vertiefen kann. Die Folge endigt mit dem allgemeinen Weltgericht und mit einem Schlußblatt, welches das Wappen des Todes zeigt: ein Totenkopf in zerfetztem Schild, eine Sanduhr und zwei erhobene Knochenarme als Helmzier; daß dem Herrscher Tod ein Wappen zustand, war eine eingebürgerte Vorstellung, die auch Dürer einmal zu einem wundervollen Kupferstich anregte.

Einzelbilder für den Holzschnitt hat Hol-

Porträt des Jörg Gisze. Ölgemälde im Museum zu Berlin.
Nach einem Stich aus dem Verlag der Gesellschaft für vervielfältigende Künste zu Wien.

bein nur selten gezeichnet. An erster Stelle steht unter diesen die nur in einem bekannten Exemplar (im Baseler Museum) vorhandene Figur des Erlösers, der unter der Kreuzeslast zusammenbricht. In zwei Blättern hat der Meister von seiner der Reformation mit Entschiedenheit zugethanen Gesinnung Zeugnis abgelegt. Das eine der Bildchen, die augenscheinlich beide von Lützelburger geschnitten, also zwischen 1523 und 1526 entstanden sind, zeigt einerseits den Ablaßhandel des Papstes, anderseits als sprechenden Gegensatz hierzu die wahren Bußfertigen, David, Manasse und den Zöllner, die sich vor Gott demütigen, zu ihm flehen und Gnade finden.

Das andere Blatt zeigt Christus als wahre Licht, das die Welt durchstrahlt das gläubige Volk an sich zieht, währen Papst und seine Geistlichkeit ihm den wenden, um, von den heidnischen Philos Plato und Aristoteles angeführt, in den grund zu stürzen.

Der kirchliche Zwiespalt, in der Künstler sich mit diesen Blättern nahm in Basel scharfe Formen an. entbrannte in religiösem Eifer. Dabei die Künste, wie Erasmus sich in einem L ausdrückte. Es machte sich eine ents bilderfeindliche Partei geltend. Im 1526 richtete die Malerzunft ein Bitt

Bildnis des Humbert Morett, Goldschmied König Heinrichs VIII von England. Ölgemälde in der Gemäldegalerie zu Dresden.

Bildnis der Jane Seymour.
Olgemälde im kaiserlichen und königlichen Hofmuseum zu Wien.

an den Rat, er möge gnädiglich dafür sorgen, daß sie, die eben auch Frau und Kinder hätten, in Basel verbleiben könnten. Auch Holbeins Erwerbsverhältnisse gestalteten sich schlecht. Er folgte daher einem Rate des Erasmus und begab sich, von diesem an Thomas Morus, den berühmten Gelehrten und Staatsmann, empfohlen, gegen den Herbst des Jahres 1526 nach England.

Hier fand er als Porträtmaler eine sehr lohnende Thätigkeit. Er malte verschiedene hochstehende Persönlichkeiten, unter anderen Thomas Morus, den Erzbischof Warham von Canterbury, den Bischof Fisher von Rochester. Den Thomas Morus, in dessen Hause er gastlich aufgenommen ward, malte

er auch einmal mit seiner ganzen Fa[milie] zusammen auf einem großen Bilde. D[as] in Wasserfarben lebensgroß ausgeführte [Ge]mälde ist verschollen. Aber der geistr[eiche] erste Entwurf zu demselben wird im Ba[sler] Museum aufbewahrt. Als Geschenk des M[eisters] an seinen Freund Erasmus brachte Hol[bein] selbst diese Zeichnung nach Basel, als er [im] Jahre 1528 zu den Seinigen heimke[hrte].

Auch in Basel, wo er nunmehr, nach günstigen Erfolgen der englischen Reise, Häuser ankaufte, malte er zunächst wi[eder] Porträts. Jetzt entstand das herrliche [Bild] das im Basler Museum vor allen and[eren] Schöpfungen des Meisters den Blick des [Be]schauers wie mit Zaubermacht fesselt:

Bildnis eines englischen Herrn. Zeichnung im Schlosse zu Windsor.

Bildnis von Holbeins Frau und zwei Kindern. Das ist der Triumph des geistvollsten Realismus; die Kunst hat hier die ganze erhabene Einfachheit der Natur erreicht. Es erscheint alles so natürlich, als ob es gar nicht anders sein könne; und doch, wie wohl erwogen und abgemessen ist das Kunstwerk! Aus einer verblühten Frau mit ziemlich plumpen Zügen, deren starke Büste ein ganz schmuckloses, nach der damaligen Basler Mode sehr weit ausgeschnittenes Kleid umschließt, und aus zwei ebenfalls äußerst schlicht angezogenen, zwar recht gesunden, aber durchaus nicht besonders reizvollen Kindern ein so vollendet schönes Bild zu machen, das hat eben nur Holbein gekonnt. — In den nächsten Jahren malte der Meister auch wieder den Erasmus. Im Basler Museum finden wir ein höchst ausgezeichnetes kleines Medaillonbildnis desselben, das schon in jener Zeit häufig kopiert worden ist. In ebenso kleinem Format und in ebenso unvergleichlicher Auffassung

Bildnis einer englischen Dame.
Zeichnung im Schlosse zu Windsor.

und Ausführung porträtierte Holbein um dieselbe Zeit den Melanchthon: das Bildchen befindet sich in der Gemäldesammlung zu Hannover.

Die Bürgerschaft der Stadt aber, die ganz durch den Religionsstreit in Anspruch genommen war, kam dem Meister nicht mit Porträtbestellungen entgegen.

Zum Malen kirchlicher Bilder gab es in Basel ganz und gar keine Gelegenheit mehr. Schon zu Ostern 1528 waren aus mehreren Kirchen alle Bilder entfernt worden; im folgenden Jahre brach der wüsteste Bildersturm los. Der Rat war nicht imstande, den Eiferern Widerstand zu leisten. Das Aufstellen religiöser Gemälde in den Kirchen wurde untersagt.

Dagegen kam Holbein jetzt wieder dazu, bedeutende Wandmalereien auszuführen Jahre 1530 beauftragte ihn der Rat n Ausschmückung einer bis dahin unbe Wand im Rathaussaale. Die Gegen wurden diesmal, der veränderten G richtung entsprechend, nicht aus der Klass sondern aus der biblischen Geschichte ge Das eine der beiden großen Gemälde denen Holbein die betreffende Wand be zeigte den König Rehabeam, wie er d gesandten des Volkes, die um Erleich des Joches bitten, mit harter Antwort z weist. Das andere zeigte den König wie er aus dem Feldzuge gegen die A kiter heimkehrt und von Samuel hören daß er wegen seines Ungehorsams Gottes Gebot verworfen sei. — Wen

Bildnis der Herzogin von Suffolk.
Zeichnung im Schlosse zu Windsor.

die Wandgemälde selbst schon vor Ablauf des 16. Jahrhunderts durch die Feuchtigkeit zerstört wurden, so lassen uns doch die erhaltenen Entwürfe zu beiden Bildern (im Baseler Museum) erkennen, in wie großartiger Weise Holbein diese Aufgabe gelöst hat; sie zeigen, daß er zu den größten Meistern der Monumentalmalerei gehört, die es je gegeben hat. — Rehabeam ist in einer reichen Halle thronend dargestellt; hinter ihm sitzen zu beiden Seiten seine Räte. Vor ihm stehen die würdevollen, bejahrten Abgesandten, bestürzt über des Königs Worte und teilweise schon zum Gehen gewendet; denn im höchsten Zorn und mit unvergleichlich sprechender Gebärde hat er ihnen eben zugerufen: „Mein kleiner Finger soll dicker sein als meines Vaters Lenden; mein Vater hat euch mit Peitschen gezüchtigt, ich will euch mit Skorpionen züchtigen."

Noch wirkungsvoller ist die andere Komposition. Wir sehen das siegreiche Heer, Reiter und Fußvolk in antiker Rüstung, mit dem gefangenen Amalekiterkönig heimkehren, noch brennen die Burgen und Städte, die der Krieg verheert hat. König Saul schreitet an der Spitze seiner Streiter; er ist vom Roß gestiegen, um den Propheten Samuel ehrerbietig zu begrüßen. Der aber tritt ihm mit drohend ausgestrecktem Arm entgegen: man glaubt die gewaltige Stimme vernehmen zu müssen, mit der er den Sieger niederschmettert: „Weil du des Herrn Wort verworfen hast, hat dich der Herr verworfen, daß du nicht König seiest."

Für den Mangel an sonstigen Aufträgen

Entwürfe zu metallenen Dolchscheiden.
Handzeichnungen im Museum zu Basel.

konnte die eine große Arbeit den Meister freilich nicht entschädigen. Sein Gönner Erasmus hatte die fanatisch aufgeregte Stadt schon im Jahre 1529 verlassen. So wandte auch Holbein bald nach Vollendung der Rathausbilder Basel den Rücken und begab sich wieder nach England. Vergeblich suchte ihn der Rat durch Anbietung eines Jahrgehalts zurückzurufen.

Vom Jahre 1532 an war Holbein eine Zeitlang hauptsächlich für die deutschen Kaufleute in London thätig. Auch bei diesen fand er Gelegenheit zur Ausführung monumentaler Gemälde. Den Festsaal des alten Gildehauses, welches den Mittelpunkt der hanseatischen Niederlassung in der englischen Hauptstadt bildete, des sogenannten Stahlhofes, schmückte er mit zwei großen allegorischen Bildern. Dieselben stellten in figurenreichen, friesartigen Zügen den Triumph des Reichtums und den Triumph der Armut dar: ihr belehrender Inhalt war, daß der Reichtum sowohl wie die Armut edler Tugenden bedürfen,

um zum Guten geführt zu [werden] sind es nur Nachbildungen im Louvre zu Paris bewah[rt] denen wir uns einen ungefä[hren Begriff] der Schönheit dieser Gemäld[e machen]. welche selbst von Italienern [des sechzehnten] Jahrhunderts ebenso hoch [geschätzt] wurden als die Schöpfung[en Raphaels]. Mit derselben Meisterschaft [wußte er] monumentale Werke auszufüh[ren, die] bei gelegentlich Dekoration[en zur] Verschönerung eines schnell vo[rübergehenden] Festes dienten. Als am [Tage da] Anna Boleyn im Krönungs[zuge] nach Westminster fuhr, prang[ten alle Straßen] welche der Zug berührte, [im] prächtigsten Schmuck. Den [be]wunderten Glanzpunkt von al[len bildete] die von Holbein entworfen[e Tribüne,] welche die Kaufleute des Stahlhofes errichtet hatten. Es war eine Schaubühne mit lebenden Bildern — wie solche auch die Antwerpener beim Einzuge Karls V veranstalteten — und zeigte auf einem prachtvollen Renaissance-Aufbau den Parnaß mit Apollo und den Musen.

Holbeins Hauptthätigkeit bestand indessen wieder in der Porträtmalerei.

Von den vielen Bildnissen, welche er nach seinen Landsleuten im Stahlhofe malte, befindet sich wohl das allerschönste in Deutschland. Es ist dasjenige des Jörg Gisze von 1533 im Berliner Museum. Wir sehen hier den Kaufmann in seiner Schreibstube sitzen, im Begriff einen Brief zu öffnen, und umgeben von all jenen kleinen Dingen, deren er bei seiner täglichen Arbeit bedarf. Das alles ist mit der äußersten Sorgfalt in solcher Vollendung ausgeführt, daß uns vor diesem Bilde die Lobpreisungen der Zeitgenossen vollkommen verständlich werden, welche bei den Werken des mit Apelles oder Parrhasius verglichenen Meisters vor allem die Augentäuschung bewundern.

In ganz anderer Auffassung sehen wir in der Dresdener Galerie eine englische Persönlichkeit, den Juwelier Hubert Morett, mit voller Leibhaftigkeit vor uns stehen. Recht im Gegensatz zu dem Deutschen, der sich in seiner Geschäftsthätigkeit abbilden läßt, füllt der englische Goldschmied, ganz von vorn gesehen, mit seiner stattlichen Persönlichkeit und seiner reichen Kleidung das ganze Bild. Ein grünseidener Vorhang bildet den Hintergrund und erzeugt mit dem warmen Ton des Fleisches und des rötlichen, grau gemischten Bartes, mit dem Goldschmuck, mit dem schwarzen Atlas, dem braunen Pelz und dem weißen Unterzeug der Kleidung eine so wunderbare Farbenwirkung, wie sie auch von Holbein selbst niemals übertroffen worden ist.

Unter den übrigen Meisterwerken der Porträtkunst, welche Deutschland aus dieser Zeit der höchsten Meisterschaft Holbeins besitzt, ragen zwei Frauenbildnisse im Wiener Hofmuseum hervor. Das eine derselben stellt eine unbekannte junge Frau in reicher Tracht dar. Das andere zeigt uns eine Königin; es ist das wundervolle, wahrhaft königliche Bild der Jane Seymour.

Seit 1536 nämlich malte Holbein fast ausschließlich Personen des englischen Königshofes und der höchsten Aristokratie, die demselben nahe stand. Von diesem Jahre an finden wir ihn als wohlbesoldeten königlichen Hofmaler im Dienste Heinrichs VIII.

Schon 1535 hatte Holbein den König einmal abgebildet, wenn auch wohl nicht nach dem Leben: auf dem Sockel der reichen, mit gegenübergestellten Vorgängen aus dem Alten und dem Neuen Testament geschmückten Titeleinfassung, welche er für Coverdales englische Bibelübersetzung auf Holz gezeichnet. Denn auch in England fertigte Holbein Zeichnungen zum Schmuck der Bücher an, die zum Teil in Basel geschnitten wurden. Zu seinen schönsten derartigen Arbeiten gehört das Titelblatt von Halls Chronik, welches Heinrich VIII mit seinen Räten innerhalb einer prachtvollen Umrahmung zeigt. Im Jahre 1537 bildete Holbein den König in einem Wandgemälde in dessen Schloß Whitehall ab: darauf waren in überlebensgroßen Figuren Heinrich VIII und Jane Seymour, sowie Heinrich VII und dessen Gemahlin Elisabeth von York auf einem reichen architektonischen Hintergrunde zu sehen. Dieses Wandgemälde hat das Schicksal von allen monumentalen Schöpfungen Holbeins geteilt: doch hat sich in England eine kleine Kopie und die eine Hälfte des Kartons, d. h. der in der Größe der Ausführung angefertigten Hilfszeichnung, erhalten; ferner besitzt das Münchener Kupferstichkabinett den zu diesem Bilde nach dem Leben gezeichneten Kopf des Königs. Ein anderesmal porträtierte Holbein Heinrich VIII in einem Miniaturbildchen. Der Maler malte in dieser Zeit öfter Bildnisse in kleinstem Format, bisweilen auf einem Stück von einer Spielkarte.

Derartige winzige Bildchen, welche mitunter in kostbarer Fassung als Schmuck getragen wurden, waren damals sehr beliebt. Da dieselben anfänglich in derselben Art und Weise ausgeführt wurden wie die Malereien in den Handschriften, so bürgerte sich allmählich — mit gänzlicher Verwischung der ursprünglichen Bedeutung des Wortes — die Bezeichnung Miniaturgemälde für jedes in sehr kleinem Maßstabe gemalte Bild ein.

Im März 1538 ward Holbein vom König nach Brüssel geschickt, um die achtzehnjährige Witwe des Herzogs Francesco Sforza von Mailand, die dänische Königstochter Christine, zu porträtieren, welche als Nachfolgerin der im Oktober 1537 gestorbenen Jane Seymour in Aussicht genommen war. Eine in dreistündiger Sitzung angefertigte Skizze genügte dem Meister, um danach ein fast lebensgroßes Gemälde in ganzer Figur auszuführen.

Einige Monate später schickte der König den Maler abermals nach dem Festland, und zwar nach Hochburgund, — wir wissen nicht mit welchem Auftrag. Bei dieser Gelegenheit machte Holbein einen kurzen Besuch bei den Seinigen in Basel. Der Rat der Stadt bemühte sich wiederum, den jetzt hochberühmten Meister an Basel zu fesseln. Er traf mit ihm ein Abkommen, wenn er nach zwei Jahren heimkommen wollte, solle er zeitlebens ein nicht unansehnliches Jahrgehalt beziehen, auch von der Stadt gelegentlich Aufträge bekommen; bis dahin solle ein etwas geringerer Betrag alljährlich an seine Frau ausgezahlt werden. — Holbein mochte damals wohl ernstlich vorhaben, wieder seinen bleibenden Aufenthaltsort in Basel zu nehmen, sobald er in England ein genügendes Vermögen erworben haben würde. Er soll die Absicht ausgesprochen haben, die Rathausgemälde und andere Bilder auf eigene Kosten neu und besser zu malen, da ihm von seinen Basler Wandmalereien nur das Haus zum Tanz „ein wenig gut" vorgekommen sei. — Aber er kehrte nicht heim.

Zu Neujahr 1539 schenkte Holbein dem Könige das Bild des kleinen Prinzen Eduard, den ihm Jane Seymour geboren hatte. Die Gemäldesammlung zu Hannover bewahrt dieses köstliche Kinderbildnis.

Im Sommer desselben Jahres reiste Holbein im Auftrag des Königs nach Deutschland, um die Prinzessin Anna von Kleve zu malen, um die sich Heinrich VIII bewarb, nachdem die Verbindung mit der Herzogin Christine nicht zustande gekommen war. — Wenn später die Fabel verbreitet wurde, Holbein habe die Fürstin schöner gemalt, als sie in Wirklichkeit war, und habe dadurch den König veranlaßt eine Ehe einzugehen, die ihm sehr bald leid wurde, so beweist das erhaltene Bildnis (im Louvre zu Paris), welches eine keineswegs anmutige Dame zeigt, selber die Grundlosigkeit dieser Behauptung.

Auch die Nachfolgerin Annas, Katharina Howard, malte Holbein, und zwar in einem Miniaturbildchen. Dasselbe wird in der Sammlung der Königin von England zu Windsor-Castle aufbewahrt.

Die nämliche Sammlung birgt einen großen Schatz von Porträtzeichnungen Holbeins, die ihm als Grundlage für die zu malenden Bildnisse dienten. Diese Zeichnungen, 85 an der Zahl, sind durch sprechende Auffassung und ihre wunderbar schlichte Ausführung fast ebenso anziehend wie die herrlichen Gemälde selbst, von denen sich außer den in verschiedenen öffentlichen Sammlungen befindlichen noch eine große Anzahl in Privatbesitz, hauptsächlich in England, erhalten hat. Außer mit der Bildnismalerei war Holbein am Hofe Heinrichs VIII seit viel mit Entwürfen für kunstgewerbliche Arbeiten beschäftigt. Schon früher in Basel hatte er gelegentlich Vorzeichnungen für Gold und Waffenschmiede, namentlich zu Dolchscheiden, gemacht. In des Königs Dienst nun fertigte er Entwürfe in großer Menge für die mannigfaltigsten Gegenstände, gleich erfinderisch im architektonischen Aufbau, im Ornament und im figürlichen

Holbeins Selbstbildnis aus seinen letzten Lebensjahren.
Nach Vorstermanns Stich des verschollenen Originals.

Schmuck. Unter anderem sind noch zwei Skizzenbücher vorhanden (das eine im British Museum zu London, das andere im Basler Museum), welche zum größten Teil mit Entwürfen für Metallarbeiten gefüllt sind. Auch in diesen Zeichnungen offenbart sich uns Holbein als einer der größten Meister der Renaissance. Indem mit unübertrefflichem Geschmack auf Grundlage der durch die damalige italienische Kunst vermittelten antiken Formen neue Bildungen schuf, wurde er für das Kunstgewerbe einer der vorzüglichsten Begründer des deutschen Renaissancestils.

Nur einmal noch malte der Meister ein größeres figurenreiches Gemälde. Dasselbe stellte Heinrich VIII dar, wie er den Vorstehern der Barbier- und Chirurgengilde von London ihren Freibrief überreicht. Dieses Bild, das sich noch im Zunfthause der Londoner Barbiere befindet, mußte indessen von anderer Hand vollendet werden.

Mitten in der reichsten Schaffensthätigkeit starb Hans Holbein in der Blüte der Jahre und fern von der Heimat in Hertford (zwischen dem 7. Oktober und den 29. November) 1543, wahrscheinlich als ein Opfer der Pest, welche in diesem Jahre in London wütete.